Best Time

白 马 时 光

在裂缝中 寻找 微光

文化大师的风骨与温度

牛皮明明 著

百花洲文艺出版社
BAIHUAZHOU LITERATURE AND ART PRESS

灵魂之光，让人类的脚可以轻松离地五厘米

我一直坚信灵魂的力量，尤其在当下。

曾有人试图称取灵魂的重量，而灵魂终究如泡沫般存在，它漂浮不定、左右平移、忽上忽下。在一些年代，灵魂会显示出它该有的分量，它崇高而掷地有声，它勇敢承受它该承受的一切负重。它激励人、鼓舞人，也同样让路过高尚灵魂的人心潮澎湃。而在一些年代，灵魂似乎被忽略，它淹没在商业的巨浪之中，它轻而易举被忘却。

我有幸在最年轻的时候，与一些优秀的灵魂相遇。在某个夏天的午后，当阳光透过树叶投射出斑点的光亮，我能感到巨大的诗意，像与古人的握手，像与古人的拥抱。我很庆幸，在那些该感受灵魂之光的年月，碰到这些我喜欢的灵魂，他们在我的人生之旅中，给了我另一种人生道路的启示。

这些灵魂告诉我在金钱和权力之外，还有另一种人生，一种偏离世俗之外的人生。这些灵魂无一例外，足够光亮，且超越了他们的时代，挣脱了时代的束缚。他们是他们所在时代的勇敢者。

他们同样也照耀着后来者，为后来者提供另一种人生的可能。我喜欢加勒比诗人沃尔科特的长诗《另一生》，他在诗中提供了另一种人生的道路，我们每个人在今生，也许都该畅想自己的另外一生。

人在大地之上，应该有两种人生。一种是正在经历的人生，一种是思考中的人生。如此而言，一个人的人生才足够富足，富足到寿命得以在现世延长，富足到让自己在经历身体和时间的劳役时，依然可以在灵魂上做一个绝对的自由人。

这就是光。

这束光不是汽车刺眼的光束，更不是来自某个未知星辰的照耀。它着实来自灵魂之上的震撼，这种震撼无声无息，有时这种光亮，在你眼前一晃，接着转入其他的路途，而你却早已忘记，就像忘记飞驰列车旁经过的瘦小身影，就像忘记某一年的风曾吹拂面庞时的寒冷，也像忘记某些年代，一个人在街道对面不发一言对你挥手作别的一瞬。

而你终会在某个深夜，想起一束光，然后闭着眼睛，等这束光降临，让它覆盖在脸庞之上。你的身体如同高速公路向远方延伸，然后这束光会轻轻路过你，路过你的肌肤、鼻梁、嘴唇，路过你的血液、毛孔，路过你的善良，路过你的勇敢，路过你的决绝，路过你的忠贞，同样也路过你的孤独，路过你脆弱而坚毅的内心。

那时，你将会被这束光笼罩其中。

你会与这束光拥抱、亲吻，你会觉得久违，但你不会诧异，你会觉得这一切都是理所应当。这束光发出的不只是温暖，更是方向的指引，像一个伟大的人揪着你头发时头皮表面的疼痛，而灵魂是需要疼痛的，疼痛往往喂养灵魂。

因为灵魂之光，因为伟大的灵魂之光，才让人类这个负重远行的群体在陆地上得以漂浮，才让佝偻身体和踟蹰不前的人类，变得轻盈，身似鸿毛而呼吸自如。

是的，是那些光，是那些灵魂之光，让人类的脚可以轻松离地五厘米；是的，是那些光，是那些灵魂之光，让人类可以在离地时感受大地无边，感受自己正在一点点摆脱地心引力，而获得片刻精神的自由和崇高的自如。

我希望，你在有生之年，能够遇到这些光。也许这本书，恰好提供了这些光。

目 录

黄公望

世上只有一种成功，
就是用喜欢的方式过一生

"世上只有一种成功，就是用你喜欢的方式度过一生。"不泯然于众，只遵从内心真实的感受，欣然向前。

明末清初，有一幅画传到了著名的收藏家吴洪裕手上，他把这幅画看得比命还重要。去世前，跟家里人说了句："这幅画我得带走，你们把它烧了吧。"

家人看着吴洪裕死前最后一口气都咽不下去，只好当着他的面开始烧这幅叫《富春山居图》的画，侄子吴静庵赶到，一把将画从火盆里夺出。

画烧成两截，前半截为《剩山图》，后半截为《无用师卷》。

画这幅画的人是一个元朝人，叫黄公望。

生活里，我们翻山越岭，登舟涉水，山一程、水一程，有时候走着走着，顿觉一生一事无成，便开始抱怨自己碌碌无为。

人生若觉无作为，我推荐你读读黄公望。

一

公元 1269 年，黄公望出生于江苏常熟。

他是那个时代最大的失败者，从小读遍四书五经，考科举，50岁后，才在浙西廉访司当了一名书吏。官还没做几天，他的上司张闾因贪污舞弊掠夺田产逼死了九条人命，朝廷抓了张闾，黄公望也被牵连入狱。

等黄公望出狱时，已经过了 50 岁。想想这一生，也快走到了尽头。

一天，黄公望正在屋里写字，做官的朋友来了，跟他说："去我府上做书吏吧！"

黄公望把笔一放，说了句："做官？不去了，不去了，你赶紧回吧，我也要出门了。"

官场朋友问："你要去哪？"

黄公望答："当道士！"

黄公望门也不锁，拂身而去，从此浪迹天涯。

从那一天起，黄公望便开始向人生莽原出发，与过去的生活彻底决裂。他不再讨好谁，也不再将时间浪费在无聊的人、无聊的事上，他过上了一种极简的生活。

一个人真正的成熟，是从懂得认识自我开始的。

在古代，50 岁已是人生暮年，也许等待黄公望的除了死亡，也只剩下死亡了。可死亡从来不是人生最可怕的事情，人生最可怕的事是人未老，心已死；心死了，时间也会跟着死了。

对于黄公望来说，他的人生盛宴才刚刚开始！

二

黄公望学画画，想到了就立马去学。他来到大画家王蒙那里，王蒙是大画家赵孟𫖯的外孙，弃官隐居于浙江余杭的黄鹤山。王蒙一看黄公望都年过半百了，就摆手说："你都 50 了，还学什么呢？太晚了，回去吧！"

黄公望并不在意，闷头就学，在任何人看来，这都是不可能完成的事。可是黄公望却偏偏在纸张上出发了。他每天坐在一块大石头上，盯着对面的山看，一看就是几小时，眼都不眨。

几个月过后，黄公望画画大有长进。王蒙不解，跟在他身后去看。每次都看到黄公望坐在大石头上纹丝不动，像个雕塑。

后来实在忍不住了就问："你每天都坐在大石头上，干什么呢？"

黄公望说："我在看山看水啊，观察莺飞草长，江流潺潺，渔人晚归。"

王蒙说了句："那你继续看吧！"

之后的多年里，黄公望走遍山川，游历大江，走哪看哪，极度专注，没有人知道他去过哪里，好像他的行踪是一个永恒的谜。

但是只要他安静下来，整个世界好像都是和他无关的。

三

元朝至正七年，这一年黄公望整整 79 岁。

那是一个秋天，落叶缤纷。黄公望和师弟无用从松江游历到浙江富阳。只见富春江面，碧水如练、渔歌唱晚，他跟无用说："我不走了，我留下来画画。"

无用说："你自己留下来，没有人照顾你怎么办？"

黄公望一个人坐下，气定神闲。不管无用师弟如何劝他，他都纹丝不动。无用师弟只好独自云游去了。

79 岁的黄公望在富阳住下，每天都是一个人，到富春江边看山看水。一天中午，黄公望来到城东面的鹳山矶头，坐在富春江边的礁石上，拿出纸笔，对着江岸开始作画。突然背后有人一把将他推入江中。

推他的人是黄公望以前的上司张闾的外甥汪其达。当年黄公望在监狱里供出了张闾的罪行，汪其达怀恨在心，这恨心里一装便是30年。查到黄公望的行踪后，就偷偷下了毒手，要置黄公望于死地。

黄公望掉进江里，差点殒命，这时正好有一个樵夫路过，扔了担子跳入江中，把黄公望救了起来。

樵夫古道热肠，跟他说："既然有人要害你，你这么大年龄了，又不能自保，我家住在江边的山上，你就住我家吧。"

黄公望步履蹒跚，跟着樵夫踏上了沿江而下的驿道，走了不到十里路，来到一个叫庙山坞的山沟里。登上一道山梁，眼前出现了一片凸起的平地，零星住着七八户人家。

此处三面环山，一面临江，酷似一只淘米的竹编筲箕。黄公望举目四望，此处山峦起伏，林木葱茏，江水如练。整个富春江尽收眼底，景致奇美！

四

黄公望就此住下，一住就是四年。这四年里，天一亮，黄公望就戴着竹笠、穿着芒鞋出门，沿江走数十里，风雨无阻。遇到好景就停下来画，心随念走，身随缘走，在他删繁就简的人生里，所到之处皆为风景。

人真正的成熟，就是明白每天发生在我们身边的99%的事情，对于我们和别人而言，都是毫无意义的。

黄公望就是这样的人，他把全部的精力放在自己关心、倾注的1%的美好事物上。

周围的人看着黄公望都说："这个老人，都快死的年纪了，每天还活得匆匆忙忙，何必呢？"

而对于黄公望来说，死亡是一件并不着急的事，他每天都很忙，忙着做自己该做的事。总是有画不完的画、写不完的字、走不完的路、看不完的景。

他是真忙。

除了画画，黄公望还常常接济村里人。有一次，他拿出一幅画，落款"大痴道人"，让樵夫带到城里去卖，并嘱咐："没有十两银子不要出手。"

樵夫一听，这张皱巴巴的纸要卖十两银子，觉得这老人准是想钱想疯了。可是当他来到集市，铺开那张纸，立马有买家过来，掏出十两银子，买了就走。

樵夫很吃惊，自己就是砍一年的柴，也挣不到十两银子啊。

这以后，黄公望每两三个月就让樵夫去卖一幅画，卖画所得全部接济村民。这个村被黄公望的画生生供养成了小康之村。

五

黄公望80岁那年，开始正式画《富春山居图》。

他要在这幅画中讲述一条河流的一生；他要在这幅画中，讲述时代和人类的悲喜。

对于别人来说，画如此大画，本来就是艰难的，更何况是一个耄耋老人呢。

可对于黄公望来说，他做每件事从不管别人如何评价，我高兴、我开心，这就够了，我就是要在纸上出发。

虽然我已 80 岁，难道就应该"泯然于众"？内心的感受才是这个世界上最重要的事。

富春江的四面，有十座山峰，峰峰形状不同，几百棵树木，棵棵姿态迥异。黄公望踏遍了富春江两岸，背着画卷带着干粮一路前行。渔舟唱晚，樵夫晚归，山林寂静，流水无痕，都变成了他人生的注脚。

在中国历史上，从来没有一个人用了四年，和河流真正地对话。对话中，可以说富春江读懂了黄公望，黄公望也读懂了富春江。

六

1350 年，被后世称为"中国十大传世名画"之一的《富春山居图》全部完成。

在这幅画里，有苏东坡想看到的"远山长、云山乱、晓山青"，也有屈原想看到的"沧浪之水，可以濯吾缨"。

黄公望仿佛听到河流喜悦的声音，也听到了河流哭泣的声音；听到自己科考时的得意，也同样听到了他中年时坐牢的痛苦。

画中，黄公望把人藏在山水之中，画里有八个人，一般人只能找到五个。在黄公望看来，人在山水之中，不需要被别人看到。领悟与回顾人的一生，其实就是也无风雨也无晴。

600多年前，80岁的黄公望用一生只做了一件事，就是完成自我。

和我们普通人相比，黄公望也许是苦闷的，没有灯红酒绿，也没有推杯换盏的声色犬马，而人的生命中最承受不起的不是劳苦、不是疲惫，而是轻浮，轻浮得没有生命的重量，没有生命的价值。

黄公望是幸福的，在这幅"远山长、云山乱、晓山青"的画里，他找到了整个世界。

现实生活里，我们常常听别人说自己年龄大了，无法前行。

其实真正牵绊自己前行的原因不是年龄，而是懒惰和怀疑。真正要出发的人，随时出发，便会海阔天空。

作家三毛说："等待和犹豫是这个世界上最无情的杀手。"你一直在等一个最合适的时机做你想做的事，然后又一直在犹豫中虚度时光。

试想一下，当我们在80岁的时候，还有没有勇气为自己准备新的追求，还有没有勇气做选择，还能不能真的坚持做一件"不死不休"的事儿？

七

当黄公望将《富春山居图》画完，他长舒一口气，重重将笔扔入江中，长吁："这一生，我完成了。"

这些年，他的师弟无用到处找他，1353 年，无用师弟终于跟随着卖画的樵夫找到了黄公望。当看到巧夺天工的《富春山居图》时，无用师弟老泪纵横。而喜极而泣的黄公望则不发一言，悄然在画卷上题字，举手将自己已了全部生命完成的《富春山居图》，赠予无用师弟。

四年的呕心沥血，黄公望毫不在意，与其获取浮名，不如成就一场君子之交。与现在的人相比，黄公望才是真的洒脱，也是真的旷达，他就像是一个种花的人，播种、施肥，然后用数年之久等待花开，花开一瞬，他却将花摘下，举手赠予他人。

真正的旷达就是享受追求的过程，而从不在意结果的得失。

真正的洒脱是广厦万间，我夜眠不过七尺，良田千顷，我日食不过三餐。我想要的很少，心满意足，这就足够了。

一年后，黄公望长笑而逝。至今依然可以想到，多年前，一位元朝的老人离世，在离世时，脸上一定无比安详，面带微笑。

这一生他毫无遗憾地走了！

八

黄公望离世之后，这幅画的经历更加离奇。

明朝的某年某月，这幅画到了江南四大才子沈周手里，沈周视为珍宝，可在一个深夜，画作竟不翼而飞，然后就从历史上彻底消失了。

又过了很多年，顺治七年（1650 年），《富春山居图》突然出现在著名收藏家吴洪裕手上，在他收藏的上万件藏品中，唯独只爱《富春山居图》。他把画看得比命还重要。

病逝之前，奄奄一息的吴洪裕躺在床上，吃力地向家人吐出一个字："烧！"家人看着吴洪裕最后一口气都咽不下去，只好当着他的面开始烧《富春山居图》，就在画投入火盆的时候，侄子吴静庵赶到，一把将画从火盆中抢了出来。

可惜这幅画已被烧成两截，前半截称之为《剩山图》，后半截称之为《无用师卷》。两幅画辗转多位收藏家之手，岁月沉浮，在民间若隐若现。1956 年，《剩山图》进入浙江博物馆，1949 年，《无用师卷》辗转到达台湾。从此《富春山居图》前后两截分隔两地。2011 年 6 月 1 日，距离吴洪裕烧画那一年，整整过去了 361 年。《富春山居图》的两截，《无用师卷》和《剩山图》才在分别之后，正式在台北故宫博物院重新遇见。两岸的文化人称之为"山水合璧"。

这一切，就像一个人的命运，生离死别，断肠天涯，如杜甫诗：人生不相见，动如参与商。

九

600多年过去，当年80岁的黄公望在富春江畔驻足，用了整整四年时间，只做了一件事。

今天，学会了如何生存的我们，却远没有学会如何生活。我们迷失在了欲望里，却忘了不论多大的事业，真正的目的都是为了生活。

如何才能找到自己，其实答案就在黄公望的《富春山居图》里。

今天我们学习黄公望，是学习选择。

生活有两条路，一条是社会要求我们走的，一条是我们自己想走的，你只有坚定内心的选择，并风雨兼程，才能活出真正的那个自己。

今天我们学习黄公望，是学习等待。

在匆忙的生活中，试着放缓自己的脚步，让等待变成一种心态、一种态度，只有坦荡如水时，你才能看到最美的风景。

今天我们学习黄公望，是学习洒脱。

让自己洒脱地安静下来，聆听自己的心跳与呼吸，我相信，只有这样，你的生命走出去时才不会慌张。

今天我们学习黄公望，是学习寻觅。

若你还算年轻，你敢不敢将血液沸腾，鼓起勇气重新上路？敢不敢勇敢一点儿面对自己，去寻觅那些能让自己内心强大的力量？然后，此生无憾。

蔡元培

世间总有一束光，
照亮一个时代的夜空

蔡元培一生贫寒，去世时连棺材都买不起，只留下一句遗言：科学救国，美育救国。

一

"大学不是贩卖毕业的机关，也不是灌输固定知识的机关，而是研究学理的机关。"

"大学生要以研究学术为天职，不当以大学为升官发财之阶梯！"

1917年1月4日，北京下起了雪，天很冷，路上行人匆匆。一辆马车缓缓停在北京大学门口，从马车上走下来一个戴着眼镜、穿着长衫、身材消瘦的人。他是蔡元培，新上任的国立北京大学校长。

按照惯例，十几个校役侧立两旁，齐刷刷向他鞠躬致敬，空气变得很凝重。突然，他扭过身来，将腰深深地弯下去，给校役们鞠了一躬。校役们呆住了，这是以往从来没有过的待遇。那时候，北京大学校长可是内阁大臣、衙门的大官员，根本不把校役这些下人放在眼里。

蔡元培 22 岁中举人，25 岁中进士，27 岁是翰林，是当过中华民国的教育总长、敢和当时的大总统袁世凯拍板决裂的书生，是那个时代地位最高的读书人。

可是在他眼里，人并没有高低贵贱之分。不管是政府高官，还是平民百姓，只要是人，在人格上就应该是独立平等的，都应该有独立的尊严。蔡先生这一鞠躬，就是读书人最大的修为。

1917 年 1 月 9 日，蔡元培在就职典礼上正式发表演说："大学不是贩卖毕业的机关，也不是灌输固定知识的机关，而是研究学理的机关。"

"大学生要以研究学术为天职，不当以大学为升官发财之阶梯！"

这个演说直接为大学教育定了基调。在场的师生为之一振，大家开始议论："蔡先生这是要和积累多年的陋习决战啊！"是的，他们猜对了。蔡元培来北大上任，就是要把大学教育的陋习连根拔起。

大学不是混毕业证的地方，更不是升官发财的阶梯，而是做学问的地方，是为国家提供有识人才的地方，只有扎实的学问才能带领中国走向未来。

二

"凡无学识，误人子弟之中外教员，一律开缺，永不延聘！"

蔡元培上任之前，北大已经走马上任了几位校长：严复、何燏时、胡仁源，个个都是响当当的读书人。可当时的北大是衙门学校，乌烟瘴气。来此求学的多为官僚纨绔子弟，只为混张文凭，毕业之后，靠文凭升官发财。当时的北大被称为"官僚养成所"。

在校园，大家管出身官宦之家的公子叫老爷，公子们上课还带着听差，上课铃响了，仆人去叫："请老爷上课！"上体育课，教员们喊："老爷们右转，开步走！"下课了，老爷们就成群结队跑到妓院吃花酒、打麻将。

蔡元培刚上任没几天，教员张思秋拿来上学期的考勤记录。

"怎么缺勤的这么多啊？"

"蔡先生，这几个缺勤的我们也管不了啊！这是段祺瑞大谋士徐树铮的外甥，这是大总统黎元洪的亲侄子！缺课的老师是英法公使亲自指派的教员克德莱！我们得罪不起呀！"

克德莱是英法公使指派的教员，他和徐佩铣、燕瑞博几个外国教员不好好教课，整天钻进八大胡同的妓院喝花酒，还美其名曰"探艳团"！把校风搞得乌烟瘴气，乱七八糟。

蔡元培当即拍案而起："开除！"

"凡无学识、误人子弟之中外教员，一律开缺，永不延聘！"

要知道，蔡先生这个决定，得罪的可是整个中国都不敢得罪的英法帝国，克德莱找来英国公使朱尔典质问蔡元培，蔡元培并不买账。

蔡元培冷冷一笑，横眉冷对。朱尔典就用外交手段，向北洋政府施加压力。外交总长伍廷芳给蔡元培写了几封信，劝他向外国人低头。

蔡元培只回了一封，赫然写道："本校辞退教员全是照规矩办事，丝毫没有什么不妥。要是克德莱想打官司，那就悉听尊便。"

三

"学问是最高的文凭，学识是读书人的通行证。"

"大学的讲台，唯一的规则就是读书人的学识。"

1916 年 12 月 20 日，蔡元培还没到北京大学赴任，就一个人跑到北京西河沿中西旅社，拜访一位来自安徽的年轻人。那位年轻人看上去很不靠谱，每天除了睡懒觉，就是到处玩。

这个年轻人就是陈独秀，蔡元培知道他有晚睡迟起的习惯，就搬了个凳子坐在门口等。可陈独秀根本就不想去北大教书，只想回上海继续办《新青年》。

蔡元培就说："你可以把《新青年》杂志办到北大校园啊。"还对陈独秀说，"你可以来当文科学长。"

1917年，梁漱溟24岁，发表过几篇论文。听说蔡先生在北大当校长，就把论文寄给蔡先生，希望自己能够到北大读书。蔡元培约他到校长室："你的才华可以到北大当老师。"

梁漱溟说："蔡先生，可是我只有初中学历。"

"你可以来的，就当学术探讨交流好了。"就这样，梁漱溟到了北大任教，成为一代大师。

梁先生到了晚年，还感谢蔡先生："没有蔡先生，就没有我梁漱溟。"

有一位怪学问家叫张竞生，搞了一本奇书，叫《性史》，把房事当成一门正式的学问做研究，被当时人们大骂伤风败俗，有辱斯文。到了蔡元培这里，就一句话："张先生的研究蛮好的，他可以来北大教哲学。"

这就是蔡元培办教育的魄力。在蔡元培眼里，学历不重要，背景不重要。英雄不问出处，只要你是有学问的读书人，有修为，讲道德，有治学决心，我就敢破格任用。

在他眼里，才华是读书人的通行证，真才实学才是读书人的脸面。

四

"兼容并包，思想自由。"大学就应该有朗朗的读书声，有各抒己见的争论，有誓死捍卫学术的决心。

蔡元培刚到北大赴任，就在校门口贴上了任命陈独秀为文科学长的公告。这看上去是一个很小的举动，北大学生冯友兰却看懂了："陈独秀是那个时代最激进的青年，是敢说'我不在研究室，就在监狱'的大知识分子。"

蔡先生不单带来了陈独秀，还把争论也带到了北大。

当年的北大，既有陈独秀这样激进青年人办的《新青年》，也有以国学大师黄侃为首的守旧派办的杂志《国故》。陈独秀大谈民主、自由、解放，黄侃等人向往魏晋风流，大谈魏晋玄学。

钱玄同上课大谈白话文的推广，隔壁课堂上的黄侃骂声不绝，一堂 40 分钟的课三分之二的时间都在批判白话文。

胡适大力推广白话文，黄侃就对着干。有一次在课堂上，黄先生举例："如果胡适太太死了，其家人电报一定是：'你太太死了，赶快回来啊。'这需要用十一个字，而文言文只需要四个字：'妻丧速归。'"

胡适听闻，立刻回击。上课举的例子是："前几天，行政院邀请我做秘书，我拒绝了。如果用文言文肯定是：'才学疏浅，恐难胜任，恕不从命。'用了十二个字，如果用白话文只需要五个字：'不干了，谢谢。'"

国学大师辜鸿铭是一位怪咖。都民国了，大清早亡了，他还穿着马褂，戴着瓜皮小帽子，留着辫子，像个腐朽不堪的前清遗老。学生取笑他，他就反击："我的辫子是有形的，可以剪掉，然而诸位同学脑袋里的辫子，就不是那么好剪的啦。"

许多学生不理解，说蔡先生不该把这样的老古董带进北大这样的学校。蔡元培回复："我希望你们学辜先生的英文，并不是让你们学他的复辟。"

陈独秀称赞蔡先生："这样容纳异己的雅量，尊重学术自由思想的卓见，在习于专制、好同恶异的东方人中实所罕有。"

当时的北大，群星璀璨，大师辈出，有27岁的"胡博士"胡适，有拖着辫子登北大讲台的辜鸿铭，有横眉冷对的鲁迅。这就是蔡元培的"兼容并包，思想自由"。誓死捍卫学术上的争论，包容不同的意见，也包容异端。

五

"你要治罪，治我一个人好了。"

1919年5月，爱国学生上街游行，抗议政府。结果事态演变成了打了章宗祥，火烧赵家楼。北洋政府当即抓了30多个学生，其中北大的学生占了一大半。

得知学生被抓，蔡元培从5月4日一直没合眼，一直营救学生到5月7日。反复和政府磋商，甚至放了狠话："要治罪，治我一个人好了。"他愿意用消瘦的身体，为手无寸铁的学生提供避难所。

如此有担当的校长，全天下恐怕也只有蔡先生一个人了吧。

当学生被营救，蔡元培立即向北洋政府提出辞职。北京各个高校苦留蔡先生也是感天动地。北京各校代表开会决定，以北大全校师生名义，呈请政府挽留，北大罢课后援："蔡先生如一日不回，我们就一日不开课。蔡先生不留任，北大全体教职员一起辞职。"

高校联盟代表团27人前往天津找蔡先生。到了天津，听说蔡先生已返回上海，又推举4位代表去上海找蔡先生。这一追就是一千多公里。这就是读书人的义薄云天，这就是读书人的惺惺相惜！

有如此人格魅力的校长，全天下恐怕也只有蔡先生一个人了吧。

鲁迅性格乖张、孤傲，向来以不合群著称。北洋政府把他从北大裁了，他的生活变得非常窘迫。蔡元培倡导"潜心研究与冷眼观察"，而鲁迅倡导自由主义，两个人观点大相径庭。

鲁迅也曾点名批评蔡元培，说自己和蔡元培气味不投，说蔡先生是小仁小义，而蔡元培并不生气。

1927 年，当鲁迅生活极为窘迫时，蔡元培知道了，又聘任他做大学院特约著作员，每月不用上班，给 300 块大洋。他只是不忍心看读书人受苦。

1932 年，鲁迅的三弟周建人日子过得极为艰难。蔡元培知道了，又托人给他安排到了商务印书馆工作。

许多知识分子说："真正心疼读书人的，真正有度量的读书人，全天下大概也只有蔡先生了。"

六

"求知不分贵贱，校门向每一个年轻人敞开。"

"校长不是官僚，校长室向每一个学生开放。"

1915 年，大哲学家冯友兰 20 岁，是从河南来到北大求学的学生。1918 年，冯友兰要办一件事，需要北大校办开证明。

时间特别紧急，照正常手续办下来，肯定是来不及了。于是他放开了胆量，直接去见蔡校长。他进了校长的院子，院子一片寂静。校长室门虚掩着，没有一个保卫人员，没有服务人员，也没有秘书，只有校长一个人坐在办公桌前办公。

冯友兰进去说明来意，蔡先生就和蔼地说了句："这是好事，当然要批证明书。"然后写了一个字条给他，让他拿到文学科去办。

冯友兰回忆：他一个人坐在校长室，没有校长架子，穿着长衫，贵为校长，仍然是一介寒儒，书生本色，肃然物外的气象，这是一种很高的精神境界。

办公室的门永远向学生敞开，全天下恐怕也只有蔡先生一个人了吧。

蔡元培担任北大校长前，北大就有招收旁听生的制度，需要旁听生支付一学期两元的旁听费。蔡先生一来，旁听制度就更加开放了。他说："每个人都有求知的权利，大学应该是对外开放的。"

蔡校长来了，北大不单有正式生、旁听生，还有偷听生。这些旁听生里有大作家丁玲、大作家茅盾、大作家沈从文、大作家瞿秋白，靠着旁听，许多学生成为了一代大家。

有个注册的旁听生叫曹靖华，他旁听俄语，后来成为著名的翻译家。每次说起蔡先生，都深情地说："没有蔡先生，就没有我的翻译之路。我是蔡先生的学生。"可以说，那时候全天下的读书人，都是蔡元培的学生。

马叙伦教授说："蔡先生在时的北大，校园有五公开：一是课堂公开，什么人都可以来听；二是图书馆公开，什么人都可以来看；三是食堂公开，什么人都可以来吃；四是浴室公开，什么人都可以来洗；五是体育场公开，什么人都可以来玩。"

还有一次，一个叫王昆仑的北大学生问蔡校长："我姐姐想读北大，北大招不招女学生？"

女孩上大学，这在当时的社会可是离经叛道的事，甚至还会影响一个学校的声誉。而蔡元培却微笑着反问了一句："她敢不敢来？只要她敢来，我就敢收。"

就这样，王昆仑的姐姐王兰就成了中国第一个女大学生。

如此冒天下之大不韪，如此有魄力的校长，全天下恐怕也只有蔡先生一个人了吧。

七

1922 年，蔡元培以北大校长的身份去美国考察。当时，学生们去码头上接蔡先生，见蔡先生依然是一个人，仍然是一介寒儒，不由得鼻子一酸，落下泪来。

"蔡先生依然是书生本色，身上依然没有一点儿架子，也没有随从人员，那么大年纪了，看上去还像一个老留学生，一个人住在哥伦比亚大学附近的小旅馆里。"

在他眼里，富贵不重要，读书才重要。如果一个国家连学术都不讲了，那这个国家就无药可救了。

蔡元培一生颠沛流离，到了暮年，却连一处住宅也没有。学生们看着寒心，一直想着帮一帮蔡先生，让他安度晚年。

1936 年，蔡先生过生日那天，当年北大他帮助过的 100 多名学生，决定合赠一所住房给蔡先生，让蔡先生可以安度晚年。可是还没等住进去，抗战就爆发了。蔡元培举家移居香港。

1940年3月2日，蔡元培早起时，摔了一跤，三天后在香港去世了。

消息传回正在抗战的中国，全国上下一片哀悼。

蔡先生生前可是中国最大的知识分子，曾任国府委员、司法部长、教育总长、中研院院长、北京大学校长、北京图书馆馆长等多重职务，可谓"位高权重"。去世时却无一分遗产，清贫如洗，甚至连棺木都是商务印书馆的同人帮忙众筹。

"蔡先生一生都在资助别人，却连棺木都买不起。"他清贫得让人落泪，清贫得让人敬佩。

如此清寒的读书人，全天下恐怕也只有蔡先生一个人了。

这些读书人，像呵护生命一样小心呵护着那人世间的一点亮光，生怕沾上一丝灰尘，生怕随时熄灭。

蔡先生去世后，香港市民万人公祭。

蒋梦麟先生说蔡先生："大德垂后世，中国一完人。"

美国大哲学家杜威说蔡先生："以一个校长身份，能领导一所大学，对一个民族和一个时代起到转折作用的，除蔡元培以外，全世界找不出第二个人。"

梁漱溟说："蔡先生一生的成就不在学术，不在事功，而在开出一种风气，酿成一个大潮流，影响到全国，收果于后世。"

蔡先生当过高官，做过校长，可一生自始至终都是个清白的读书人。

金庸

来到人间大闹一场，

悄然离去

金庸先生走了，标志着一个武侠时代彻底结束。

得知这个噩耗，我心里"咯噔"一声。感觉巨大的天幕，从头顶重重地压下来，像一个过去的时代，重重拉下闸门。然后我竟愣在那里，几分钟之后，落泪不已。

有人的地方，就有江湖。可没有了你，从此江湖路远。如今你走了，和一个时代正式不告而别。像来到人间大闹一场，忽然转身悄然离去。

你的"飞雪连天射白鹿，笑书神侠倚碧鸳"，将变成一个伟大的传说。

在少年时那些最寂寞的日子里，我窝在宿舍一本本读你的书。

有时读着读着，天就亮了。乔峰、段誉、郭靖、黄蓉、杨过、小龙女，这些一个个鲜活的人物，在我的脑海里跃马扬鞭，纵横四海。我跟着他们哭，跟着他们笑，跟着他们呐喊，跟着他们流浪。他们就像是我的一个梦，而今你走了，这个梦碎了。

十几年我在街上小书摊上买的《笑傲江湖》，纸页早就泛黄，字迹模糊不清。而今，它还摆在那里，初翻只是少年时，再翻已是断肠人。

金庸的一生，是侠客的一生，而今侠客都不在了，那江湖又在哪儿呢？

一

冯唐说："我们每个不甘心平凡的人，都期待鲜活的生命，渴望难得的放纵。至少希望在书里读到另外一种生活，懂得体会有生命的人拥有的生活。于是有了武侠小说，有了金庸。"

金庸所创作的武侠小说，用一副对联可以概括：飞雪连天射白鹿，笑书神侠倚碧鸳。

他的小说温厚淳朴，平平静静讲故事。单看如明清豪宅的部件，平常无奇，稳扎稳打，等所有部件合成建筑后，严丝合缝，大气端凝。

金大侠原名查良镛，1924年生于海宁望族。他们家"一门七进士，叔侄五翰林"。连康熙皇帝都曾为查家宗祠提字："唐宋以来巨族，江南有数人家。"

1952 年，金庸调入《新晚报》编辑副刊，与梁羽生相识为友。当时人们都爱读武侠小说，总编辑安排梁羽生编写了《龙虎斗京华》，提议让金庸也写一写。抱着试一试的态度，金庸开始踏上武侠小说的创作之路。1955 年，他的第一部武侠小说《书剑恩仇录》在《新晚报》上连载，没承想大火，受到读者的热烈追捧。

此后，金庸自己创办了《明报》，初期经营困难，销量非常不好。金庸那段时间很标题党，后来仍不见起色，为了促动报纸的销量，开始在报纸上连载自己的武侠小说。凭着《神雕侠侣》《倚天屠龙记》等，救活了《明报》。

大众读者们是脆弱的，连载过半的时候，读者们根本接受不了小龙女和杨过这对情侣走向悲剧。在金庸原有的设定里，小龙女从绝情谷一跳，就没有下文了。最后为了照顾读者，写了个圆满的故事。

当时国外的很多中文报纸都要转载他的武侠小说，一般都等他的小说在香港连载出来了，然后由记者坐飞机带回报社转载。但是到了小说的紧要关头，有的报馆为了抢先刊登，就直接利用地下电台设备，通过电报来传送新鲜出炉的连载内容。

20 世纪 50 年代、60 年代中国基本没有电话，有急事只有打电报，而发电报是按字算钱的。1958 年，全国实行统一价目，不分地区，不分明码密码，普通电报每字 3 分，值现在的 30 块不止。用电报来拍武侠小说，这在报业史上算是破天荒的举动。这些小说发行单行本后，就成了 20 世纪中国文学史上的超级畅销书。金庸也被称为"现代华人世界拥有读者最多的小说家"。

但是他的成就并不只限于武侠小说的创作，他还是新闻学家、企业家、政治评论家、社会活动家，就算把金庸的所有武侠小说方面的成就拿掉，依旧不影响他成为一个出色的人。金庸刚开始办报社的时候，很拮据，经常发完工资就两手空空。他牌技很好，发完工资就请员工到家里打牌，再把钱赢回来。

后来《明报》做大了，有钱了，他还是请员工到家打牌，但都故意输钱，就当是给员工们发福利。

二

金庸的一生，是爱而不得的一生。他的梦中情人叫夏梦，是香港电影演员，因相貌身材出众又娴雅大方，被人称作"上帝的杰作"。

1957 年，金庸 33 岁，已经有了家室，但为了接近夏梦，他特意加盟到长城影片公司担任编剧。这一年夏梦 24 岁，早在三年前就已经与林葆诚结婚，对金庸虽然欣赏，却也只是当普通同事看待。

1959 年，金庸特意出钱出力，联合胡小峰执导了为夏梦量身打造的戏曲电影《王老虎抢亲》，本想博得美人芳心，可是夏梦仍不为所动。

金庸与夏梦仅有一次单独约会，在一家咖啡店里两人举杯共饮，金庸趁着几分酒意，对夏梦挑明了爱慕之情。但夏梦对他说："可惜你迟到了一步，以我的为人，是决不愿去伤害夫君的，请你体谅。"

这段爱而不得的感情让金庸陷入了漫长的单相思。从此以后，金庸把对夏梦的爱恋融进了自己的武侠小说创作里。《神雕侠侣》中的小龙女、《射雕英雄传》中的黄蓉、《天龙八部》中的王语嫣等绝代佳人的身上，都有着夏梦的影子。

与金庸有交往的三毛说："不了解金庸与夏梦的这一段情，就不会读懂他在小说中的'情缘'描写。"1976 年，夏梦告别从影 17 年的生活，移民去了加拿大温哥华。金庸把这并不怎样重要的新闻，一连几天放在《明报》的头版头条位置上，还专门写了一篇社论《夏梦的春梦》，为夏梦公开发表祝福。

2016 年 10 月 30 日，一代传奇影星夏梦去世，享年 83 岁。也信美人终作土，不堪幽梦太匆匆。这一年，金庸 92 岁。

三

金庸的一生，是爱恨情仇的一生。他有过三段婚姻。第一任妻子叫杜治芬，婚姻期间杜治芬和别人有了私情，金庸遭到背叛，感情上受到了极大的挫折。他到了晚年，提起这段婚姻，仍旧耿耿于怀。

金庸的第二任妻子叫朱玫，是新闻记者出身，比他年轻11岁，漂亮而能干。金庸的四个儿女，都是她所生。他和金庸有过一段相濡以沫的生活，在《明报》建报初期，生活拮据的时候，两人甚至只能共点一杯咖啡喝。1998年11月8日，朱玫在香港湾仔律敦治医院过世，死因是肺痨菌扩散，享年63岁。

金庸的第三任妻子叫林乐怡，比金庸小27岁，她认识金庸的时候才16岁。后来他们结合，在情感之路上漂泊了大半生的金庸，终于找到了归宿。

关于婚姻与爱情，金庸曾经这样说："最好是一见钟情，从一而终，白头偕老。"

四

金庸的一生，是举杯酬知己的一生。

邓小平是金庸武侠小说在中国大陆最早的读者之一。1973年3月，金庸小说在大陆尚为"禁书"，邓小平从江西返回北京后不久，就托人从境外买了一套金庸小说，并且对其爱不释手。

1981年夏，北京邀请金庸到大陆访问。金庸提出想见邓小平，报告很快送到了邓小平那里。1981年7月18日，邓小平接见了金庸，相谈甚欢。

会谈时，邓小平见金庸穿着西装，便说："今天北京天气很热，你脱了外衣吧，咱们不必拘礼。"

金庸被邓小平接见后回到香港，立即给邓小平专寄了一套《金庸小说全集》。也就在这之后不久，金庸小说在大陆"开禁"，并很快成为了畅销书。

金庸的粉丝里，不乏各界名人，张纪中、蔡康永、姚明、莫言等，还有不得不提的马云。

2000年7月29日，在香港的一个发布会上，有记者问马云："你最喜欢、最崇拜的偶像是谁？"马云说："是金庸。"

他曾在公开场合说："中国的书，其他的都可以不读，就是不能不读金庸。"2004年，金庸为淘宝网手书八个大字："宝可不淘，信不可弃。"马云以此为警，铭记在心。

很多马云的粉丝戏称：金庸就是"马云背后的男人"。而如今，马云应该是那个哭得最伤心的人之一吧。

五

金庸的一生，是肝胆相照的一生。他和倪匡、黄霑、蔡澜并称为"香港四大才子"。其中，金庸和倪匡的私交甚好。当年金庸连载《天龙八部》的时候，有一阵子太忙顾不上更新，就请倪匡代笔，嘱咐他，千万别把里面的人写死。

倪匡假意推辞了一番，还是很高兴地接过来写。他个人很不喜欢阿紫这个人物，结果任性地违背了金庸的设定，把她的眼睛写瞎了。等到金庸回来，找他兴师问罪，倪匡耍赖地说："你临走时叫我不要弄死人嘛，我是弄伤了，打打杀杀肯定会受伤嘛。"

金庸摊手无奈，拿他没办法。金庸的读者知道这件事后，有人跑去质问倪匡："你为什么要把阿紫的眼睛弄瞎？"倪匡又耍赖地说："不是我弄瞎的，是丁春秋弄瞎的。"

在武侠世界里，提起金庸，就不可避免地会提到古龙。在武侠界，金庸算是古龙的前辈。金庸比古龙大14岁，在他已经是武侠界的泰山北斗的时候，古龙还只是香港一百多个武侠作家中普通的一员。

在古龙还未成名的时候，金庸就说："我个人最喜欢的武侠作家，第一就是古龙。"

1972年，金庸的封笔之作《鹿鼎记》在《明报》的连载即将结束，宣告金庸武侠时代即将画上句号。

自己虽然不写了，但是武侠小说连载还得继续。金庸由此想到了古龙。这一年，金庸亲笔写信向古龙约稿，请他为《明报》接着写武侠连载。

据古龙的弟子于东楼说，信寄到的时候，古龙正要去洗澡，于东楼替他拆开一看，说是金庸的约稿信。古龙兴奋不已，读完金庸的信，连澡也忘记洗了。

古龙深刻地明白这封信的意义，这就像是武林盟主退位前选定接班人。

从那一刻起，就意味着金庸邀请了古龙一起走进武侠史。此后，古龙不负金庸的提携，成为地位仅次于金庸的武侠宗师。

六

金庸的封笔之作《鹿鼎记》，甚至开始"反英雄"。他感慨道："年轻时崇拜的大英雄都是完美无缺的，后来才发现，真正的英雄，他也有普通甚至卑鄙的一面。"

金庸一生最后悔的事情，是关于他的大儿子查传侠的。1976年10月，金庸的大儿子查传侠在美国哥伦比亚自杀身亡，年仅19岁。当时金庸听到这个消息，悲痛欲绝，甚至有想跟着自杀的冲动。

那段时间查传侠因情感受挫，心情极其低落，多次找金庸谈心，但金庸却以写稿忙为由拒绝了儿子，这让查传侠感到亲情的疏远和淡漠。

查传侠的过世是金庸一生的伤痛和遗憾，他 80 岁的时候，接受记者采访，记者问："您这辈子有没有什么遗憾的事？"

金庸声音哽咽地说："最遗憾的，就是我儿子在美国自杀了。他为了爱情，自己上吊死了。"

查传侠过世后的五个月后，也就是 1977 年 3 月，《倚天屠龙记》出了单行本。当时金庸在书后写了篇后记，整篇后记只有 800 字左右，写得散漫而节制，最后的结尾是："然而，张三丰见到张翠山自刎时的悲痛，谢逊听到张无忌死讯时的伤心，书中写得也太肤浅了，真实人生中不是这样的。因为那时候我还不明白。"

这最后一句"因为那时候我还不明白"其实是在表达丧子之痛，只是说得极为隐晦。这时，金庸已"明白了"那种撕心裂肺的悲痛。

在查传侠过世后的几年里，金庸在佛经上的研究花费了大量精力，希望能借助佛教的智慧，抚慰心中的那一份伤痛。

1991 年，67 岁的金庸退出《明报》集团管理层，从此去周游列国、教书旅行、静修研经，将《明报》卖给了企业家于品海。很多人说，那是因为于品海长得像他死去的儿子。

七

武侠是给成年人看的童话。在金庸的笔下，白马在北风中长啸，英雄在草原上射雕，爱恨情仇在腥风血雨下洗礼，功名理想在刀光剑影里飘摇。

有了金庸的江湖，就像一首诗写的：

> 天下风云出我辈，一入江湖岁月催。
> 皇图霸业谈笑中，不胜人生一场醉。
> 提剑跨骑挥鬼雨，白骨如山鸟惊飞。
> 尘事如潮人如水，只叹江湖几人回。

没有了金庸，江湖是什么样子？没有了乔峰的烈酒、令狐冲的长剑、黄药师的洞箫、郭靖和黄蓉的白雕，也没有了张无忌的多情、杨过的痴情、韦小宝的女人，那江湖还是江湖吗？

如今大师远去，只剩下我们"怅望千秋一洒泪，萧条异代不同时"。

你瞧这些白云聚了又散，散了又聚，人生离合，亦复如斯。儿女情长今犹在，江湖侠骨已无多。

还能说什么呢，只能一声长叹。一个人独坐，携一壶酒，致敬那个已经逝去的江湖。

黄永玉

真正有趣的人，
总能把凡世过得有滋有味

黄永玉 50 岁考驾照，60 岁随手画了一张猴票暴涨 30 万倍，80 岁上时尚杂志封面，90 岁开个展，93 岁飙法拉利。

　　黄永玉活成了现实版的老顽童，这个世界之所以乏味不堪，有时候就是因为功利的聪明人太多，而有趣的好玩人太少。
　　真正有趣的人，总能把凡世过得有滋有味，在玻璃鱼缸里游泳，也有长风破浪的气魄。

一

　　黄永玉 94 岁那年，白岩松曾登门拜访。刚进门，就看见黄永玉正在院子里拾掇红色的法拉利跑车。白岩松惊呆了："老爷子，你都一大把年龄了，还玩这个？"

黄永玉回道："我又不是老头。"

黄永玉不单玩法拉利，还玩德国原装奔驰 S320、宝马 Z4、保时捷 911 敞篷跑车、路虎越野、保时捷、卡宴越野车……

白岩松说："老爷子您这不是炫富嘛！"黄永玉回："我能炫什么富，我玩什么就是因为它好玩，跑车就是一玩意儿。"

白岩松后来说了句："老了就做黄永玉。"

黄永玉 90 岁那年，国家博物馆准备为黄永玉举办《黄永玉九十画展》，记者问黄永玉："参加宴会的人是否需要打领结？女士是否要穿晚礼服？"

黄永玉叼着烟斗，哈哈大笑："都不必了，最好裸体。"

记者又逗黄永玉，问老爷子："您感情生活如何？"黄永玉回答："我的感情生活非常糟糕，我最后一次进入女人的身体，是参观自由女神像。"

几个收藏家见了黄永玉就叫他黄大师，黄永玉骂了句："毕加索、吴道子才算大师，我算什么大师。"

黄永玉只要出场，就语惊四座，犀利搞怪。"你们都太正经，我只好老不正经。"

作家李辉说黄永玉："只有在他的身上，才能看到真正的天真烂漫，他永远活得像个十二三岁的小少年。贪玩、天真、坦荡、敢作敢为、玩世不恭、自由自在。"

二

黄永玉1924年出生于湖南凤凰县，现已90多岁，抽雪茄、玩跑车，说起话来，声如洪钟，大笑起来，隔大老远都能听见。

开心时，便满地打滚，常常深夜读书写字。喜欢一个人穿着夹克、戴着贝雷帽、叼着烟斗、背着画板，像个独行侠，满世界飞，结天下朋友，挥金如土。

他的出生地凤凰县城民风彪悍，盛产土匪。有一年闹饥荒，饿死了人，男女老少提着刀跑到隔壁沅陵县去打劫。天亮时，带着战利品回家生火做饭，吃完睡觉。凤凰县男人的普遍爱好是看自己老婆跟别人老婆当街打架，看枪毙土匪。黄永玉爱逃学去看，结果人送外号——黄逃学。

12岁，黄永玉只身一人来到福建集美读初中，六门功课成绩加起来不到100分，于是有人又送他一个外号——黄留级。

留级五次以后，班主任无奈，说："你脸太熟了，你还是走吧。"

黄永玉果断退学，然后疯狂爱上木刻，刻木刻填不饱肚子，黄永玉就做了一把猎枪，白天打猎，晚上干活，在全民饿肚子的年代，他照样是顿顿吃肉。

抗战年代，人们在泉州电影院看电影，银幕突然着火，满电影院的人往外跑，当场挤死了不少人。黄永玉却待在座位上，动也不动，别人边跑边骂："你不要命了！"黄永玉歪着头顶回去："这火根本着不起来，只有傻子才会挤。"如他所料，火一会儿就灭了。

日军空袭，黄永玉正在理发，听见飞机轰鸣异常，他顶着满头肥皂泡拔腿就跑。理发师骂了句："胆小鬼。"黄永玉大喊："这次小日本动了真格，要扔炸弹，不跑炸死你！"理发师还是不信，空袭结束，黄永玉跑了回去，而理发师的肠子贴在了墙上。

三

1945 年，在江西赣州，黄永玉爱上了广东姑娘张梅溪。两人第一次见面，黄永玉想了半天，挤了一句："我兜里有一百斤粮票，送给你吧。"

张梅溪"扑哧"一笑，转身走了。凤凰人在谈恋爱方面，普遍领先别人好几年。为追张梅溪，黄永玉做了个小号，每天对着张梅溪呜里哇啦地吹，半个月下来，就把姑娘的心吹软了，两人面对面傻笑。

这一笑就笑了一生。

20年后，当年的傻小子成了中国最出名的画家，他画的《阿诗玛》轰动中国画坛。

他设计的猴票惟妙惟肖，风靡全国，当年8分钱的面值，30年升值了30万倍，现在已经卖到了150万。他也由"黄逃学""黄留级"逆袭为"画坛鬼才"。

四

黄永玉和相声大师侯宝林是好朋友，侯宝林相声贯口无人能敌。有一回两人乘车聊天，侯宝林逗黄永玉："你还教不教课？"黄永玉："奶大了孩子把我的奶头都咬掉了。"噎得大师侯宝林憋了好几秒钟后才来了一句："怪不得现在都改用奶瓶……"

黄永玉还"撑"黄霑。当年黄霑与林燕妮闹分手，投资电影公司又经营失败，负债累累，正狼狈不堪、无家可归的时候，很多人都不敢搭理他，只有黄永玉前去安慰。他安慰的方式非常特别："失恋算个屁，你要懂得失恋后的诗意。"黄霑哭笑不得："你才放狗屁，失恋都要上吊了，还能有诗意？"后来两人倒是成了挚友。黄霑还给黄永玉写了几句词："眉飞色舞千千样，你是个妙人，是个少年狂。"

林青霞一向以女神面貌出场。2015 年，61 岁的林青霞去见 91 岁的黄永玉，想请教一下黄永玉写作方面的事。

黄永玉一见林青霞就"损"她："你不好玩，你要做个野孩子。"后来林青霞在综艺节目《女神来了》中透露，自己确实是受了黄永玉那句"我想把你变成野孩子"的影响才决定来参加真人秀的。

五

黄永玉平生最厌恶白手索画的人，打着爱艺术的名义占便宜。一生气，直接在家里挂一则声明：

画、书法一律以现金交易为准，
严禁攀亲套交情陋习，钞票面前，人人平等。
铁价不二，讲价者放恶狗咬之；
恶脸恶言相向，驱逐出院。

吓得索画之人不敢开口，连国家领导人到他那里也得按规矩来。

声明后面还加一条：所得款项作修缮凤凰县内风景名胜、亭阁楼台之用。

他虽对高官不买账，但是对家里做事的人却很照顾。他常嘱咐家人："厨师、司机、管家和保姆都是从家乡找来的，要善待他们。"

黄永玉爱养狗，一养十几条，完全散养，这群狗还选领袖，定期通过内部斗争搞民主选举，选出新领袖。

这些狗也成了黄永玉的"保镖"，一次有人来家里硬要画，死缠烂打，不给就不肯走，黄永玉指着自己的爱犬说："走不走？不走，它就对不起你了。"于是黄永玉又被称为"惹不起"！

连他的学生也不敢惹他。有一年，学生们从美国回来，大家出了个主意，想做一个"黄永玉画派"。黄永玉破口大骂："我不想成群结党，狼群才需要成群结党，狮子不用。"

画画就是好玩，又不是搞武侠，还分个武当派、少林派。胸中无半点心机，坦坦荡荡，无争扬留名念头，做事作画，都不是为了表演给谁看，也不是为了活给别人看，自己开心就行。

2006 年，黄永玉将自己的画作和收藏捐给湖南吉首大学。捐献仪式那天，大家让黄永玉致辞，黄永玉说："你们不用担心，我已经告诉家里人了。一旦我的后代真吃不上饭，饿得要讨饭了，也应该距离吉首大学远一点儿，免得影响你们。"

黄永玉曾多次表示："我手里收藏的各种玩意，不论价值如何，在我走之前，一律捐出。"

83岁，黄永玉登上《时尚先生》杂志封面，杂志评论："黄永玉不仅玩物玩到癫狂极致，更是玩出豁达心胸，这才是真正的大玩家。酷！跩！"

六

在荣格心理学中，说有一种人是永恒男孩，永葆童心，可以没心没肺地"无拘无束无碍"，黄永玉就是这样的永恒男孩，身上有道家的返璞归真。

1997年，黄永玉正在香港画画，女儿跑过来告诉他："汪曾祺伯伯去世了。"黄永玉很平静："好啊，好啊，汪老头也死了呀。"

和黄永玉同时代的朋友钱锺书、郁风、李可染、张伯驹、黄苗子全部去了天堂。黄永玉说："我死了，立即火化，火化完了，骨灰放到抽水马桶里，就在厕所举办个告别仪式，拉一下水箱，冲水、走人。"

说完哈哈大笑，连死都能想得如此脑洞大开，恐怕全天下也只有黄永玉了。

世人笑我太疯癫，我笑世人不好玩。

90多岁的黄永玉每天玩到深夜，人世间好玩的事实在太多了。他只有把自己喜欢的事全做了，才坐下来数着日子等永逝降临。

侯宝林

相声是喜剧，
人生却是悲剧

侯宝林常说："一个演员，成名是其次，最要紧的是承认——让观众承认。人活在世上，眼睛不能老是往上看，主要是你的心得往下想。"

侯宝林一生跨越了两个时代，说了一辈子相声，疼了一辈子观众，真心拿观众当孩子宠。

一

侯宝林小的时候不叫侯宝林，他也不知道自己叫什么。他不记得亲生父母是谁，也不记得自己是哪里人。四岁那年，舅舅往他手里塞了几颗炒栗子，拿顶小皮帽儿朝他脑袋上一扣，就抱起他上了一列火车。

火车开啊开啊，一直开到北京。下了车，他被领到一户姓侯的人家，从此随了侯姓。北京有句老话：有钱不住东南房，冬不暖，夏不凉。侯家人挤在一间东房里，地方小环境差，小侯宝林害了一身的天花。

后来病虽然好了，却留下一脸疤。养父家穷，侯宝林上了三个月学就辍学了，家里穷得连买菜钱都没了。侯宝林饿啊，太饿了，每天抱着个缺口的小碗儿挨家挨户要饭。要来的也是馊掉的饭。回到家，养母往饭里搁点碱，蒸一蒸，去掉馊味，全家人一起吃。

二

12岁那年，为了养家糊口，养父送侯宝林去天桥学唱戏。到了老师家，养父摘下旧软帽揣在怀里，点头哈腰地向老师问好。侯宝林小心翼翼地抬起头，老师低头一瞅，这小孩跟个猴儿似的，又瘦又小，脸上全是坑，甩手说："回去吧，祖师爷没赏饭。"

养父"扑通"一声跪下了："求您了，实在是没活路，不能让孩子跟着饿死啊！"侯宝林缩成一团，紧紧攥着衣角，鞋头有个大洞，脚指头露在外边。老师瞟了他一眼，叹了口气："得了得了，立个字据，收下吧。"说是字据，其实就是卖身契。

侯宝林瞥见上面有一句："如投河溺井，死走逃亡，与师父无干。"不就是学个戏吗？说得这么可怕！

其实，那时学戏就得挨师父打，经不起打的人，寻死觅活的不在少数。

电影《霸王别姬》里经不住师父打、一根绳子悬梁自尽的小赖子，就是那个时代的真实写照。

侯宝林跟着老师一边学戏，一边挨打。

天不亮，就给师父刷茶碗，茶碗没刷干净，挨一顿打。学戏吊嗓子一个音不准，挨一顿打。

15 岁那年，侯宝林的养母去世。

侯宝林回家，风雪夜三更，一脚一个白窟窿，走了整整半宿。养母下葬后，侯宝林继续学戏。

回来后，师父带着他去茶馆唱戏，唱完了让侯宝林跪在地上磕头，说："这孩子妈死了，诸位别走，大家掏点儿钱行个好，帮忙埋了吧。"一场下来，老师收了 50 枚铜板，给了他 4 枚。

侯宝林见惯了人间冷暖，也见惯了世态炎凉；见惯了人心险恶，也见惯了人生百味。

这个世界从来不会对你温柔相待，这个世界甚至会对你冷眼相待。

人，有一万个理由自我放弃，就有一万个理由振作起来。可是人，总得自个儿成全自个儿。

三

鼓楼后边有几个场子，一些老艺人在那儿说相声。侯宝林常跑去听，一天能听上几个钟头。

这是他童年全部的快乐，包袱在哪儿，他童年的快乐便在哪儿。

老相声演员说相声，他就坐在旁边听。听完，就偷偷学人家的动作，悄悄在心里念台词。

有一天，侯宝林去得早，见场子里只有一个人急得原地打转。侯宝林鼓起勇气问："要帮忙吗？"

那人一抬头："哎哟，小祖宗，您就别添乱了，这儿炸了庙儿了！大先生到现在还没来，观众都走半道儿上了，这不砸场子嘛！"

侯宝林脱口而出："我给您说一段儿？"没等人家应声，他一下儿蹿到台上，抄起醒木，张口就来："那汉高祖……"

一连串熟练的贯口。他听了几百遍，太熟了，这小词儿不是嘴上说的，倒像是从心底流出来的。那人愣了好一会儿，回过神儿，从箱子里拽出一件长袍，扔给他："换上！"

这长袍一穿，侯宝林就整整穿了一生。

四

能够在洪流中站住脚跟的人很少，能够顶住风雪前行的人则是勇者。

从那一天开始，侯宝林嘴里淌出来的都是笑声，在这个高个子、小眼睛下，照出的却是多少顺流而下的身影。

那天，侯宝林正式拜朱阔泉先生为师，学说相声。朱阔泉告诉侯宝林："中国的小老百姓太苦了，只有相声才能给大家带去快乐。"

侯宝林学着说相声，并且为之付出一辈子的心血。

在天桥撂地，侯宝林常穿一件灰蓝色的长袖马褂，袖口一卷，露出一截白色的里衬。

侯宝林说相声如同魔怔，能够靠说相声活命，就是侯宝林全部的幸福。

侯宝林走哪说哪，说遍了北京所有撂地的场子，他甚至还跑到妓院说相声："爷！您听段儿相声吧，才一个子儿，准乐！"

"爷都来这儿了，还用找你寻乐子啊？滚！滚！"

莎士比亚说："苦难可以试验一个人的品格，非常的遭遇可以显出非常的气节。"

在现实里，侯宝林是一块被反复摔打的面团儿。在摔打之中，练就了一身好本事。随时随地，只要有人，他开口就可以单口一段。

五

当年的北京，名角儿遍地，最红的是梅兰芳梅老板、程砚秋程老板，包银都是几条小黄鱼（金条）。

而相声，那是穷人找乐，地摊玩意儿，不招人待见，卖不上价。

天津城，三教九流，四通八达，到处是喜欢贫嘴逗乐的"逗比"、诚恳热心的义士、穷开心的市民。天津人懂相声，爱相声。

你说得好，天津人是真捧你，玩命捧你！

侯宝林在北京不红，一到天津，红了！

侯宝林大红之后，圈子里人人都想往上爬，侯宝林却喜欢往下走。

我的名，是"座儿"给的，我的吃穿用度是"座儿"给的。

"座儿"听不开心，说明我侯宝林耍大牌。只要侯宝林挽起袖子，操起长扇，走到哪儿，哪儿都是观众。

侯宝林坐火车去东北，车上的旅客和乘务员一听侯宝林在车上，全部涌过来，嚷嚷着要听一段。侯宝林向大家拱手作揖，然后整列火车一路便是欢歌笑语。侯宝林去上海，在车站，乘客一眼瞅出是侯宝林，立刻叫了一声："侯宝林！"车站立刻水泄不通。侯宝林挨个和观众合影，又鞠躬又握手，一点儿不嫌麻烦。

侯宝林去河北，大门口有位坐轮椅的老人，老远就向他打招呼。

侯宝林走近了，老人一把握住他的手："我挖矿，腿断了，见您一面不容易。看到您，这辈子值了。"侯宝林听完，亲自推着轮椅送老人进场。在侯宝林眼里，观众没有贫富贵贱之分。

任何时候，侯宝林都没架子，只要观众喜欢听，他就可以讲。侯宝林常说一句话："一个演员，成名是其次，最要紧的是承认——让观众承认。人活在世上，眼睛不能老是往上看，主要是你的心得往下想。"

翻翻侯先生的相册，站在他身边的，大多是司机、列车员、服务员……全是普通观众。

侯宝林不随波逐流，不糟蹋艺术，不辜负观众。
侯宝林是真疼观众，打心眼里疼，真心拿观众当孩子宠。

六

1966 年—1976 年，侯宝林没说相声。到了 1977 年，侯宝林重新穿上长衫，挽起袖子，露出白边，右手拿着长扇，依然是宠辱不惊，安静而从容。

他来到一间茶楼吃点心，刚坐下，对面的客人突然站起来，激动得牙齿打战，连碗筷都端不住，掉在地上："您是……侯宝林？"

然后整个茶楼的人都围上来："侯先生，您来了！"茶馆老板一直给侯宝林致歉："侯先生，人太多了，我们拦不住。您到阳台去和大家伙儿见个面吧。"

侯宝林提着长衫，径直走向阳台。三两步之间，像走过一个时代，走了一个时代的千山万水。

茶楼下全是人，侯先生一露面，如雷的掌声和欢呼声立刻响了起来，观众哭了："侯先生！我们想您哪！"

侯宝林是真正的爷，什么时候回来，"座儿"都会在那儿等着，"座儿"可以等十年，也可以等一生。

反过来看，"座儿"等多久，侯先生就可以疼多久。侯宝林站在台上，长衫上几粒盘扣磨得发亮。他挽起袖口，表情还和十年前一样，拱手作揖之间，不见苦色。谢幕鞠躬，亦不见媚俗。侯先生出身江湖，但是身上没有丝毫的江湖气，反而能带出一身大家风范。

七

1993 年，侯宝林先生病重，生前的最后 154 天，住在解放军总医院。在胃癌的折磨下，侯宝林体重瘦到 80 斤，整张脸都脱了形。

生命将止，侯先生从病床上支起身子，用微弱的声音向子女们交代"后事"。这后事不是交代如何分配家产，而是："我……想……和观众……说说话……"

"请……请给我打扮打扮……不然……观众看到……我这样……会伤心的……"

即使生命快要结束，他想的依然不是自己，而是观众。

1993 年 2 月 1 日，侯先生在电视荧幕上和全国观众深情道别，他说："我一辈子没有白吃饭……我侯宝林说了一辈子相声，研究了一辈子相声，我最大的愿望，是把最好的艺术献给你们………"停了一会儿，侯宝林用微弱的声音又说，"我再说几十年相声都报答不了养我、爱我、帮我的观众……现在，侯宝林要走了，祝大家身体健康，万事——如意！"

说完，侯先生一脸安详。在生命最后，他给了观众最后的交代，也给了自己一生最后的交代。

三天之后，1993 年 2 月 4 日，侯先生走了，那天恰好立春。

愿侯先生在另一个世界里继续说着喜欢的相声。

马相伯

世间若无炬火，
我便是炬火

一

假想一下，人生 11 岁时，应该是什么样子？

可能是捧着平板电脑看剧，也可能跟着父母出了几趟远门。

但 100 多年前的晚清，11 岁的江苏丹阳少年马相伯，意气风发地走在风中，他想见识这个广阔的世界，独自向 200 多公里外的城市——上海出发了。

他一头钻进上海徐汇一所教会学校，苦学法语、拉丁语、希腊语等七国语言，同时攻读哲学、神学、数理和天文等学科。

他是中国那个时代第一个能够熟练运用七国语言的人才。

到了 1870 年，当年那个独自出门的少年，已被授予神学博士。

那年，他30岁，已入而立之年，一肚子的学问，却无处施展。

马相伯本想献身教会，可外国人气势凛人，经常欺负中国人。在无比失落和悲悯之中，36岁的马相伯一怒之下，决定出走。

后来从政，因为丧权辱国条约的签订而被扣上了"卖国贼"的帽子，就连自己的母亲，也不能理解儿子，甚至和外人常说："我不曾生过马相伯这样的儿子。"

在母亲临终之前，马相伯想陪在母亲病榻旁，多尽孝道，可母亲拒绝见他。直到去世，也不肯和儿子说一句话。在母亲的葬礼上，马相伯大哭不止。

他有一肚子委屈，这一生，他全部的努力和抱负没有得到一个人的承认，就连自己的母亲也不原谅自己。

二

这一年是1900年，马相伯60岁。

母亲去世之后，他极度悲愤与失望，人生也已入晚年。这一生终归一事无成，挥尽无穷血泪，转眼不过空梦。

他感到自己的人生距离死亡不远了，与其一事无成，不如此生落下白茫茫一片真干净，尘归尘，土归于土。

马相伯从家中拿出地契，将三千亩田产全部捐出，并立下字据，"自献之后，永无反悔"。

捐完之后，他身无分文，转身走进上海土山湾孤儿院。剩下的日子，就安静地等待自己人生的夜幕降临。

回首这一生，他有少年求学时的意气，有治国无门时的失望，有母亲死不瞑目的痛楚，也有白茫茫一片的洒脱。

马相伯原以为，这就是自己的人生。殊不知，他悲怆的人生这才刚刚开始。

1901年秋天，33岁的蔡元培到上海担任南洋公学总教习，他来找马相伯学习拉丁语，马相伯并没拒绝。可蔡元培一来，来学习的学生却越来越多。

来的学生越来越多，马相伯的生命被重新点燃："何不办一所学校，让中国的孩子们有书读？"在耶稣会的支持下，马相伯办了震旦学院。大学问家梁启超听说马相伯出山办学，激动之情溢于言表，他在贺文中写道："今乃始见我祖国得一完备有条理之私立学校，吾欲狂喜。"

不经意间，马相伯办了中国第一所私立学校。虽是如此，可马相伯老人并无杂念，只要有才华、爱学习的学生，都收入门下，尽心尽力教知识。

1904年，于右任还是一个文学小青年，在家写嘲讽清政府的"反诗"《半哭半笑楼诗草》。被一路通缉，只好避难上海。走投无路时，他来找马相伯老人。老人爱才，一见于右任，就对他说："今天你就可以入学震旦，我免收你的学费、膳费和宿费。"

只这一句，于右任就热泪盈眶。他从未想过，自己一个朝廷通缉犯，马校长也敢收。在震旦大学期间，于右任化名"刘学裕"读书。

几个月后，马相伯又把于右任叫到办公室，郑重地对他说："我知道你过去教过几年书，现在你的学识足以做我的教学助手。从明天开始，你就是震旦的教师了。"

于右任大为吃惊，马相伯老人不仅收留他这个朝廷通缉犯，还敢让这个朝廷通缉犯当老师。大书法家于右任后来成为多所学校的创始人，可他时刻不忘马校长的教诲之恩，并将马相伯当作再生父母："生我者父母，育我者先生。"

三

可震旦学院成立两年后，投资方耶稣会只想教育传教士，而马相伯却希望能教育出对国家有用之人。

两方俱不相让，耶稣会一怒之下，解散学院，对马相伯老人更是百般驱逐，甚至找人将老人架到医院，让他"无病而入病院"。

老人被架走后，学生们就再也无书可读了。学生们纷纷表态："我们誓死和马校长站在一起，可以无震旦，不可无校长……"

于右任带着同学们找到马相伯，在医院里，大家一见到老人，就都哭了："校长，我们没书可读了。"

听到这句话，老人哭了，偌大的中国竟然摆不下一张小小的课桌。

为了让孩子们有书可读，上海街头，常常能看到一个 65 岁的老人，一个人拄着拐杖，颤颤巍巍地东奔西走，到处游说筹集款项。

"国家再穷，可学生们总该有书读啊！"

1905年中秋节，老人终于得到了社会的支持。在吴淞废弃的提督衙门，破破烂烂的屋舍里，一个老人，100多个学生，没有桌子，没有椅子，只有一块黑板，这就是现在名校复旦大学的前身复旦公学。

开学那天，300多名学生从各地赶来，甚至有学生坐火车从苏州赶来，又走了一夜的路才来到学校。

马相伯担任复旦公学第一任校长，就是这样简陋的教学环境，却培养出了中国著名的气象学家竺可桢、民国艺术大师李叔同、国学大师陈寅恪、著名数学家胡敦复、中国第一任轻工业部部长黄炎培、政治家教育家邵力子。

四

而今日复旦大学，优秀毕业生更是数不胜数，他们在各个领域都有杰出贡献。但今日中国，知"马相伯"者有几人？就算是今日复旦大学的学生，又有几人知道100多年前，一个65岁的老人，曾排除万难，凭一己之力创办学校？

从那时开始，只要说到让孩子读书，马相伯老人就办学"上瘾"。他像割肉饲虎的佛陀，可以拖着年迈的身体粉身碎骨。一生中，马相伯用一己之力办了复旦大学、辅仁大学、震旦女子文理学院、培根女校、启明女子中学。

1917 年，当蔡元培第一次出任北大校长，在中国掀起教育改革时，首先邀请恩师马相伯老人北上。老人对蔡元培说："所谓大学者，非校舍之大之谓，非学生年龄之大之谓，亦非教员薪水之大之谓，系道德高尚、学问渊深之谓也。"

马相伯老人所言，便是现代教育的全部意义，他在中国第一个提出教育的普世价值，提出现代教育的平等、奋发和进取、思想以及自由。

谁也未曾想到，这个现代教育的践行者竟然是一位在 60 岁时、曾一度决定放弃人生追寻的失落老人。在治国无门的失望中，在母亲死不瞑目的痛楚中，用佛陀的献身精神，重新出发，并影响了蔡元培、陶行知、梅贻琦等大教育家。

五

1937 年，上海沦陷，马相伯老人 97 岁。人到了 97 岁，按道理应该不再出门，因为生命随时都会中止。可上海已经沦陷，中华大地全在战火之中。不当亡国奴，就只能一路逃难。97 岁的马相伯老人被家人带着，他常常说自己像条老狗气喘吁吁地四处逃亡。

从上海跑到武汉，从武汉跑到重庆，重庆常年遭到空袭，又跑到相对安全的云南，当云南也被空袭时，家人又带着老人，竟然一路跑到了越南谅山。

1939 年 4 月的一天，老人病了，他躺在病床上，虚弱不堪地问家人："我们到哪里了？这里是中国吗？"

家人知道老人不想客死他乡，要死也要死在中国的版图上，可战乱的中国，哪里还有一块可以埋葬全尸的地方呢？家人只能骗他："现在我们已到达滇黔交界处了，回来了。"听到这句话，马相伯长叹了一口气。

这一年，马相伯老人 99 岁，按中国人的传统，99 岁已是罕见的高龄。这一年，虽是战乱年代，复旦的老师和十几位学生依然前来为他过百岁大寿。老人示意将祝寿金拿出，全部捐给前线抗战的伤兵和难民。

《国际新闻》主编胡愈之去采访他，面对烽烟四起、国破山河的中国，老人不由得想起自己的一生。生活了整整一百年，也见证了这个国家民不聊生的一百年。办教育如同学狗叫，目的都在警醒世人，他内心百感交集，突然泣不成声："我是一条狗啊，叫了一百年，也没有把中国叫醒。"

年底的一天，马相伯叫来孙女马玉章。一看到孙女的脸，老人就哽咽了，他问马玉章："爷爷没有给你留下一分钱，连你自己的钱也没有留给你……"说完这句话，老人泣不成声。停了一会儿后，马相伯又开口，"你……你恨爷爷不恨？"

早在 1914 年，马玉章只有六个月大时，马相伯的儿子马君远病逝。于右任、邵力子等学生筹钱找到马相伯："先生，玉章还小，这一万块钱，用来资助她日后的生活费和教育费吧。"

拿到这笔钱，马相伯转身就去创办了启明女子中学，没有给孙女留下一分钱。

对孙女的这份愧疚，马相伯一生深埋在心，这么多年来，他一直不敢说出口。

1939 年 11 月 4 日晚，病床上的老人连日水米不进，在听到家人说到湘北大捷时，突然挣扎着坐起来，连呼几声"消息！消息！"后，沉沉倒下，合上双眼。

临终之前，他甚至都不知道自己并未死在祖国，而是客死异国他乡。

马相伯活了一百岁，亲历晚清、民国、抗日三个时期，浮沉百年离乱，见证了无数个当政者的中国，每走一步，人生都是负重而行。历史在他身上鞭打出深深的伤口，他却像老狗一般喘息着办教育、育国人，叫了一百年，也见证了中国的一百年。

今日看来，中国缺少一味叫"马相伯"的药，这味药，叫"读书人以一己之力的担当和勇气"。

今日看来，中国缺少一味叫"马相伯"的药，这味药，就是鲁迅说的能做事的做事，能发声的发声。此后如竟没有炬火，我便是唯一的光。

李叔同

晚风拂柳笛声残，

一壶浊酒尽余欢

李叔同：不同的人生，不一样的慈悲。

李叔同：人生多条路，而爱是慈悲。

他少年时是翩翩风流公子，中年是严肃教员，老年是佛界一代宗师，被佛教界尊为律宗第十一代世祖。他遁入空门时，只留下"爱是慈悲"给妻子，去世时只留下"悲欣交集"给世人。他的寺院连一向高傲的张爱玲都不敢进入，他的一生，都在不断寻找自己、做自己。

一

1880 年秋天，在天津三岔河口陆家竖胡同的一座三合院内，一名小男孩呱呱坠地，他的名字叫李叔同。他家祖籍在浙江平湖，先祖是盐商，大户人家。父亲李筱楼，与李鸿章同年进士，做过大清的吏部主事，后辞官经商，搞投资，玩金融，办银行，很快成了天津巨富。

李家幼教很严。著名教育家洛威尔说过一句名言："智力教育就是要扩大人的求知范围。"李家就是这样做的。

严格的家教加上聪明过人，李叔同5岁时诵名诗格言；6岁起习《百孝图》《文选》；8岁时读《名贤集》《孝经》及唐诗；11岁时学《四书》；12岁攻《尔雅》《诗经》《说文解字》，并开始临帖；15岁起学词、制篆刻，还学习算数和外文。

大家会感慨："我都30岁了，还没读过这些书。"优秀的人比我们更努力，我们还有什么资格不努力呢？

二

18岁那年，李叔同参加一门重要的考试。这门考试叫天津县学应考，考试要求写一篇文章。可是抠门的大清，只给每个考生发了一张纸。

对于才思敏捷的他，一张纸显然是不够的，他发明了一种新的答题方式——在一个空格上写两行字。监考老师看了，当场竖起大拇指，给了他一个美称：李双行。

以后每次考试，这种答题方式都是李叔同的特权。如果李叔同愿意，他可以接管家里的生意，从 18 岁开始计划自己的生活，一辈子衣食无忧。

可他偏要活出自己的人生。把人生过成标准答案，那活着还有什么乐趣？

三

1898 年 10 月，李叔同和母亲迁居上海。到上海后，他参加了社团"城南文社"，后来又考入南洋公学，就是上海交大前身。

李叔同在上海，如鱼得水，只要是他写的文章，就会得到征文第一名。他被上海名人所青睐，连大才女宋贞也夸他："李也文名大似斗。"李叔同不小心就成了大才子，这时他才 20 来岁。

李叔同用文字腌制时间，煮字疗饥，过鲜衣怒马的生活，享受银碗盛雪的闲情。

如果他愿意，他可以一直做一个上海的公子哥，喝喝酒，唱唱诗，日子一天天过。

四

人生就是自己设置的一次次意外。当你有了勇气，敢于打破自己的生活时，那么新的生活就开始向你敞开了。

1905 年，这位公子哥远渡日本，留学去了。他剪掉了辫子，穿着西装、尖头皮鞋，戴着没脚的眼镜。到了日本，他开始刻苦学习。海伦·凯勒说："把活着的每一天，当成生命的最后一天。"他就是这么干的。

大戏剧家欧阳予倩和他约定好时间聊聊，结果来晚了五分钟。他直接说："我和你约的八点钟，可你迟到了五分钟，我现在没工夫了，改天再约吧。"

在日本，为了更方便地听音乐，他出版发行了《音乐小杂志》。结果，这本小杂志变成了中国第一本现代音乐刊物。他和同学想玩话剧，几个人凑在一起创办春柳社。结果，这变成了中国历史上第一个话剧团。

不经意间，他就拿了两个第一。选定剧本是《巴黎茶花女遗事》，中国那时候没女演员，他就自己剪了胡子、戴上假发勇敢上。

在日本，他还认识了一个女孩诚子。诚子给他做裸体模特，结果，女模特就变成了他的妻子。

五

"人的一生有两次生日，一个是自己诞生的日子，一个是真正理解自己的日子。"但李叔同诞生了许多次，也重生了许多次。李叔同的一生，总是不断地重新认识自己。

几年后，李叔同带着妻子回国，担任杭州师范教员。他又从一个洋学生变成了严肃的教员。

他的学生丰子恺回忆：他上课时，铃声响起，他便站起来，深深给学生鞠躬，空气严肃得很。有一次，一个学生上课时不唱歌，看别的书，他以为老师看不见，其实李叔同都知道。

但他不责备，而是在下课后用庄重的声音说："下次上课不要看别的书。"然后深深鞠躬，意思是"你出去吧"，学生满脸通红。

还有一次，钢琴课上，一个学生上课放屁，教室里一下子空气凝重。李先生眉头一皱，屏住呼吸，继续弹琴，直到快下课时，让学生留一下。他郑重宣布："大家等一等，我还有一句话：以后放屁，到门外去，不要放到屋里。"然后又是给学生深深鞠躬。

过去那个纨绔的风流子弟、留学的潮学生，现在却是严肃、认真的教师。漂亮的洋装不穿了，换上了灰色粗布袍子、黑色马褂，金丝边眼镜也换成了黑的钢丝边眼镜。

他用自己的良心在教书、在育人。

他对于每一件事，不做则已，要做就做彻底不可。

对于大多数人来说，一辈子能做成一件事就不错了，可他做任何事，因为坚持和严肃，基本都做成了。

夏丏尊多次对学生说，李先生把图画、音乐看得比国文、数学等更重要。这是有人格做背景的缘故，他的诗文比国文先生的更好，他的书法比习字先生的更好，他的英文比英文先生的更好……

这好比一尊佛像，有一束光，故能令人敬仰。

在杭州，他看着西湖的水，安静地做着教员。动荡的中国，家道的中落，没有阻挡他对艺术生活的追求。身在乱世，凡事也要认真，做一样像一样。

他在教西洋画时，使用人体模特。结果，他又变成了中国第一个用裸体模特教学的人。

他钻研篆刻，一不小心成立了印学团体——乐石社。

他钻研书法，他的字犹如浑金璞玉，清凉超尘，精严净妙，闲雅冲逸，他又变成了民国最著名的书法家。

有人说：审美的人生不容将就，即便坐销岁月于幽忧困菀之下，也要尽可能保留审美的人生态度和精致的生活艺术，活出人的样子。

这句话真是给李叔同量身定做的。

没有他不能玩的艺术。

六

如果安心做个教员，也许他也可以这样过一辈子，但是生活又岂是安排好的呢?

他又一次追寻自己的内心,放弃了一切。1918年的杭州,西湖边,杨柳依依,再没有比这更好的送别场景了。

一个日本女人和他的朋友找遍了杭州,最终在一座叫"虎跑"的寺庙里找到了他。

他给妻子的信里这样写道:

做这样的决定,非我寡情薄义,为了那更永远、更艰难的佛道历程,我必须放下一切。我放下了你,也放下了在世间累积的声名与财富。这些都是过眼云烟,不值得留恋的。

为了不增加你的痛苦,我将不再回上海去了。

我们那个家里的一切,全数由你支配,并作为纪念。人生短暂数十载,大限总是要来。如今不过是将它提前罢了,我们是早晚要分别的,愿你能看破。

剃度几个星期后,他的妻子伤心欲绝地携幼子从上海赶到杭州,抱着最后一线希望,劝说丈夫。

这一年,是两人相识后的第11年。然而李叔同决心已定,连寺门都没有让妻子和孩子进。妻子无奈离去,只是对着关闭的大门悲伤地责问道:"慈悲对世人,为何独独伤我?"

李叔同的日本妻子叫了句："叔同——"

李叔同回："请叫我弘一。"

妻子："弘一法师，请告诉我什么是爱？"

李叔同回："爱，就是慈悲。"

他说话的哲学是少说，只有少说，才能够产生智慧。

交友的哲学是淡交，只有淡交，才不会产生不必要的伤心。

他对死亡的哲学是去去就来，人生不过就是一场短暂的旅行。

七

整个民国的人，没有人会想到，昔日翩翩的世家公子、文坛上的大师，怎么可能遁入空门？

然而，从此世上再也没有李叔同，只有弘一法师翩翩向人们走来。

他一头钻进已经断了六百多年的佛教律宗，从一个风流公子到洋学生，再到一丝不苟的教员，现在又变成了不辞辛苦、到处奔波、孤云野鹤的僧人。他彻底出世，但却以出世的态度做入世的事，讲经布道，弘扬佛法，救助百姓。

"修己，以清心为要。涉世，以慎言为先。"

"涵容以待人，恬淡以处世。"

"我不知何为君子，但每件事肯吃亏的便是；我不知何为小人，但每件事好占便宜的便是。"

过去的那个李叔同，死去了，而弘一法师活了。他行游各地，自挑行李，生活清苦，大慈悲心肠。

丰子恺回忆，有一次弘一法师到他家。丰子恺搬了一把椅子给老师坐下，弘一法师把椅子摇一摇，才坐下去。原来他怕椅子里头有小虫子伏着，突然坐下来，怕把它们压死。他就是这样一个真正有菩萨心肠的人。

几年下来，弘一法师竟把断了六百年之久的律宗振兴了，被佛教界尊为第十一代南山律宗祖师。这个昔日的风流少年，又变成了佛教高僧大德了。

1942年10月13日，弘一法师圆寂，神态安详。没有遗嘱，没有交代，只留下四个字：悲欣交集。

绝笔写在一张稿纸的背面。

弘一法师的离开，在我看来，像是一个时代的去世，像整个民国时代最后的风流不再。

每个人不一定要学弘一法师的决然，但内心总要给自己留一块安静的小院。当你知道许多东西无论多么用力也无法得到时，那又何必苦苦追求呢？不如安心想一想，自己是谁，想要什么，多问内心。

把杂事、俗事统统关在外面，只留下自己在院子里散步，也许这就是弘一法师给我们留下的人生启示。

八

一向骄傲的张爱玲曾说："不要认为我是个高傲的人，我从来不是，至少在弘一法师寺院的围墙外面，我是如此的谦卑。"

连鲁迅先生也将弘一法师的书法视为珍宝。

著名作家林语堂说："李叔同是我们这个时代里最有才华的几位天才之一。也是最奇特的一个人，最遗世而独立的一个人。"

丰子恺说恩师是最像人的人。生逢乱世，每个人都被时代的洪流裹挟着，身不由己，可他却如扁舟，逆流而上，勇敢认真地做着自己。

他的一生写了很多传世的歌。

我常常会想到这样的画面：

1914年冬天，大雪纷飞，旧上海一片凄然。朋友许幻园站在李叔同门外悲切地说："叔同兄，我家破产了，咱们后会有期。"说罢，许幻园门都没进。李叔同独自站在大雪中，很久才返身回家。他关上门窗，让妻子弹琴，自己作词，含泪写下百年来无人超越的经典《送别》：

长亭外，古道边，
芳草碧连天。
晚风拂柳笛声残，
夕阳山外山。
天之涯，地之角，
知交半零落；
一壶浊酒尽余欢，
今宵别梦寒。

袁克文

世事如刀，我自风流

人活着是活精气神，精气神没了，就什么都没了。

民国的四大公子，有平生无憾事，唯一爱女人的张学良，有皇亲国戚的溥仪堂兄溥侗，有只羡鸳鸯不羡仙的大藏家张伯驹。

还有一个人，他就是袁世凯的二公子袁克文。

袁克文唱戏、喝酒、写诗、收藏样样精通。一生吃喝玩乐，于右任老先生评价他："风流同子建，物化拟庄周。"

在电影《霸王别姬》里，有一位戏迷袁四爷，直到枪毙还迈着台步过戏瘾，这个袁四爷的原型正是袁世凯的二儿子袁克文。

一

1915 年，北京新民戏院后台，一位公子哥正给自己脸上涂"豆腐块"。有人"噔噔噔"急匆匆跑进来："二爷，袁总统今日登基，您快回家去吧。"

公子哥慢悠悠站起身，回了一句："我爹要当皇帝，他当他的皇帝，二爷我唱我的戏。"

这个往脸上涂"豆腐块"的公子爷，正是袁克文，人称袁二爷。

袁二爷擅演丑角，当年，京剧旦角风靡一时，名角梅兰芳、程砚秋、尚小云、荀慧生均为唱旦角出身。

旦角出场多，座儿爱沸腾。而二爷是不爱旦角爱丑角，戏份多不多不在意，唱过瘾、唱爽、唱开心最重要。

二爷一上场，座儿上的票友也乐了，朝着舞台喊："二爷，不回去当皇子，还有心情来梨园唱戏。"二爷唱完戏，来报信的人立马凑上去："二爷，戏唱完了，赶紧回家吧。"袁二爷忙着卸妆，又回了一句："不回，二爷我还有一场，唱爽了再说。"

二

袁家 17 个儿子，大爷袁克定一心当太子，有野心，有手段，生怕袁二爷夺位。

袁克定设"鸿门宴"招待袁二爷。二爷甩着袖子就去了，饭桌上就说了一句："当太子，二爷我不稀罕，我吃饱喝足了，走了。"

这一走，二爷就去了上海。广交天下朋友，喝尽人间花酒。从梨园到青帮，从文人雅客到贩夫走卒，二爷的朋友遍天下。

在上海，袁二爷加入青帮。青帮弟子十几万人，二爷一进去就是老大。连黄金荣、张啸林、杜月笙这些人，见了袁二爷也得恭敬地叫一声"小老大"。

袁二爷当老大，没有刀枪斧钺，做事说话全在"人情"二字。

在上海剧院，当地流氓和京剧演员吵架，动手吃了亏，临走撂下一句："我要血洗剧院！"

第二天一大早，几百号人气势汹汹冲进剧院。老板求助于袁二爷。二爷一听，穿上长衫、戴正头上的六合帽，一个人就来到了剧院。

一看袁二爷单刀赴会，流氓都被他的胆识惊到了。袁二爷一拱手："今天看我面子，拜托您不扔炸弹，好不好？"流氓一听袁二爷开口，带着人马撤了。在上海，没人不给袁二爷面子。可手下的人却说："二爷对谁都笑，跟我们说话也总是轻声细语的。"

三

二爷做事，全在情面二字。

唱戏的想和他交换名帖，他从不拒绝。贩夫走卒想和他结为兄弟，他点头同意。

富裕时，袁二爷散尽千金，不管是文坛朋友，还是风尘女子和黄包车夫，认识二爷的都念着二爷的好。

袁二爷常说："人有性别之分，却无尊卑之别，交朋友也不能只论贫富贵贱。"

时间久了，袁二爷的"人情味"，全上海都知道。也就是这样的"人情味"，也就是这样的做人、做事，在旧上海的腥风血雨中，反倒真正让人服气。

四

1916年，袁世凯的三女儿袁叔祯上街买菜，看到报纸上写着："袁贼倒行逆施，窃取革命果实。"

三女儿拿报纸给父亲看，袁世凯懊悔不已，他顿觉大势已去，在极度失落之中，便病倒了。

1916 年 6 月 6 日晚，袁世凯告别人世。

整个家族哗啦啦大厦倾塌，昏惨惨灯火将灭。袁世凯死后，长子袁克定变为一家之主，第一件事就是分家产。袁家有 32 个子女，都担心分多分少。去问二哥袁克文，袁克文一推帽子："爱咋分咋分，你二哥我呀，看戏去喽！"

1916 年 6 月 28 日，袁世凯出殡，32 个孩子都应送父亲一程，唯独缺二公子袁克文。家里人满世界找，怎么找也找不到。

不承想，就算是父亲出殡这么大的事，二爷戏瘾上来了，也照样跑到戏院唱戏去了。大哥袁克定大骂："大逆不道，有辱家风。"随即派了警察头儿薛松坪去剧院拿人。结果薛松坪刚到戏院，青帮的弟子早把戏院的前后门围了个水泄不通。别说拿人，薛松坪连门都进不去。最后，挤进戏院的薛松坪一见袁克文，"扑通"一声就跪下了。

"二爷，您跟我走吧。家里都等着呢！"袁二爷扭过已经扮上的脸："二爷我明儿还有一场哪。唱完之后，我就不唱了。"

32个孩子中，生前袁世凯最宠爱袁克文。袁克文浪荡形骸，却懂得人世不过是你方唱罢我登场。两年前他曾给父亲写诗："绝怜高处多风雨，莫到琼楼最高层。"

劝阻父亲莫登高楼，高处不胜寒，不承想一语成谶，眼看他起朱楼，眼看他宴宾客，眼看他楼塌了。

五

父亲死后，袁克文定居在天津，声色犬马、本色不改、挥金如土、千金买乐。

一生狂歌，走马遍天涯，花钱买乐的事儿，袁二爷眼依旧眨都不眨。

有风尘女子向他求字求诗，二爷大笔一挥，就一个字：送！

甚至有走投无路的青楼女求他赎身，二爷不皱眉头，也一个字：赎！

袁二爷常说："人有求于你，不能驳了求助者的面子。"

袁二爷爱收藏，尤爱古籍、古钱币、邮票、字画。一来二去，袁二爷穷得叮当响。

山东省省长"狗肉将军"张宗昌向来彪悍、粗鄙、无赖。一次，张宗昌找袁二爷，上门就送三万银圆，让他到上海办报纸，说："袁二爷，等你报纸办成了，赚的钱咱俩再对半分。"

袁二爷一到上海，先跑到了古玩店，一眼就盯上了一套珍贵邮票，道也走不动了。一瞬间，手上三万银圆全换了邮票。

张宗昌气得火冒三丈，带了200多人就从山东追到上海，又从上海追到天津，结果连二爷人影都没找到。

袁二爷"骗钱"有一套，"花钱"更有一套。1922年，广东潮汕遭遇大风灾，死伤十余万人。在天津看戏的袁二爷看到报纸，就一个字：捐！二爷捐钱倾家荡产，悉数卖了字画，还觉不够，又拉着梅兰芳等一众大老板登台义演。所得钱财，一分不取，全部捐出。

袁二爷一身正气，知大义，明事理，通人情，遇事挡事，毫不含糊。

六

如此花钱，袁二爷是越来越穷。最穷时，全身上下找不出一分钱来。但不管怎么穷，那股精气神还是一点儿不丢。对袁二爷来说，失了范儿，就等于打了脸。袁二爷从不伸手向父亲的旧部长官讨要，更不会到别人府上"打秋风"，弄银圆。

真公子，风光日子能过，百姓日子照样能过。富时耐得住，穷时守得贫。

都说穷在闹市无人管，可二爷一穷，送钱的人都排队上门。

第一个排队上门的是青帮子弟。

他们登门送"孝敬钱"，可袁克文躲起来，根本不见他们，就回一句话："二爷我会写字赚钱，你们赚的都是血汗钱，哪里需要你们孝敬？"

第二位排队上门的是大军阀"东北虎"张作霖。

张作霖知道他的处境后，就派人来请袁二爷做高级顾问。袁二爷只有一句话："二爷我不是伺候人的人！"

张作霖不死心，又派亲信秘书登门去请。

秘书一进门，只见袁二爷仰卧在床，一手提纸，一手捉笔，纸在半空悬，二爷的笔落在纸上，写出的字竟然还是苍劲峻逸。

二爷一扭头，对着张作霖的秘书说："回去告诉张作霖，二爷不差钱！二爷我只要动笔写俩字，钱就跟着二爷跑！"

不管什么样的境遇，在袁二爷那里，都是平常。袁二爷宁愿老死花酒间，也不鞠躬车马前。

第三位排队上门的是日本人，来请袁二爷给他们当狗。袁二爷一听很来气："跟谁说话呢？别挡道，二爷我出门吃花酒了！"

不管多么落魄，不管时代如何沉浮，袁二爷就是这样的公子，一身傲骨，苏世独立，横而不流。

君子慎所择，休与毒兽伍，袁二爷不降身，不辱命，视高洁为性命，坦坦荡荡真君子。

七

1931年冬。"民国对子王"方地山来天津看望袁二爷。袁二爷已极度落魄，连馆子都下不起，但依然每天干干净净一身旧长袍，戴着六合帽，终日以卖字为生，唱戏为乐。半醒半醉日复日，花落花开年复年。一见到方地山，袁二爷说的不是落魄，而是昨日看到一只漂亮的波斯猫，喜欢得不得了，后悔没有买。

不管时代如何变，对于袁二爷这样的公子而言，就是睡大街，也照样还是二爷。

袁二爷常去戏院唱戏，晚年不扮小丑，不唱京剧，只唱昆曲，喜唱汤显祖的《牡丹亭》，尤喜"良辰美景奈何天，赏心乐事谁家院"，两句一开口，便唱尽人生百般滋味。沉浮人世间，到头来落了个干干净净。

八

1931年年初，袁二爷得了猩红热。他又去喝花酒，这次，他喝醉了，并且一醉不醒，那一年他41岁。他是袁世凯最宠爱的儿子，也是最负盛名的民国四公子之一，一生不爱俗世，唯独爱戏，生前为别人一掷千金，眼都不眨。到了给自己办葬礼时，家人翻箱倒柜，也只找到20块银圆，连副棺材都买不起。最后，失声痛哭的青帮弟子一起凑钱，才给曾经的"小老大"买了副棺材。

出殡那天，送葬的长队足足排了几里，比父亲袁世凯去世时送葬的队伍还要长。送葬队伍里有高官，有僧侣，有贩夫走卒。更让人想不到的是，队伍里还有一千多名风尘女子，且来自多地。

有诗说："同是天涯沦落人，相逢一场见真情。"送葬的队伍里，有人喊："袁二爷走后，全天下也不再有二爷了。"

袁二爷从精神、气节、面貌、习性，全身上下透着的那股精气神，就叫"民国范儿"。浮沉人间无娇态，放荡半生真名士。

袁二爷一生无挂碍，放荡有真趣，坦荡真君子。试问当今，能做到如袁二爷这般，全天下又有几人哉？

林徽因

梁思成

最好的爱情，

其实就是相互成全

如果 20 世纪有真正的才子佳人，那一定有梁思成和林徽因。

一

民国年间，变幻莫测的政治环境中，出过无数"风云人物"，梁启超便是其中之一。

1873 年出生的梁启超，祖父和父亲都是有名的乡绅。从小，梁启超不仅学了传统文史知识，还听到了无数爱国故事。

长大后，他成了著名的"维新领袖""清华四导师"之一，甚至还踏足政坛，当过民国财政部部长。

梁启超社会地位高，也最懂教育孩子。他有九个孩子，"一门三院士，九子皆才俊"说的就是梁家。

梁家教育孩子，重视培养孩子们的"寒士"品格，同时也不忘培养孩子幽默、乐观、积极的特质。梁启超给孩子们写信，总会反复强调"保持乐观""永远有趣味""我对你们的功课决不责备"。

梁思成就是这个家的长子，在这样的家教影响下，他慢慢长大，开放又严谨的家风，也让他一生受益。

二

说起林徽因，则要从林氏家族说起，这同样是个了不起的家族。

林家是典型的书香门第，林徽因的祖父林孝恂是清朝翰林，思想开明。

林家的私塾，不仅有国学大家讲授四书五经，还请了新派名流介绍天文地理，甚至还招了外籍教师教习英文和日文。

有这样开明的家教，林徽因的父亲林长民成了清末有名的大才子，后来又赴日本早稻田大学留学。1912年，中华民国临时政府成立，林长民被推举为参议院秘书长。

林长民教育子女，比父亲还要开明，他认为行万里路和读万卷书一样重要。于是，林徽因除了自小精通琴棋书画、诗词歌赋外，还知道了这个世界有多大。

林徽因16岁时，林长民带她去欧洲访问。当别的女孩还锁在深闺无人识时，林徽因已经去过伦敦、巴黎、日内瓦、罗马、法兰克福、柏林、布鲁塞尔。

日后，她走过更远的地方。她从来没有因为自己是女人，就禁锢了自己的双足。

三

梁家和林家是世交。梁启超和林长民既是同僚，也是朋友。

北洋政府成立后，梁启超任财务总长，林长民任司法总长，二人意气相投，共同推动宪政运动。

1918 年，17 岁的梁思成在父亲的书房里第一次遇见 14 岁自由活泼的林徽因。

两位开明的父亲表示："给你们介绍，最后的决定在你们自己。"于是，两人开始了正式交往。而真正加速他们之间感情的却是一场车祸。

1923 年 5 月 7 日"国耻日"这天，梁思成上街参加示威游行，结果被一辆车撞飞，进了医院。那些日子，林徽因每天去医院照顾梁思成，两人感情迅速升温。

林家原本希望能早一点儿订婚并举行婚礼，但梁启超认为两个孩子的学业和前途更重要。所以，他让两个孩子继续求学，待学业完成之后，再组建自己的小家庭。1924 年，在梁启超的安排下，梁思成和林徽因双双赴美留学。

四

　　我实在不想像八卦小报一样讲述那段风花雪月，我只想实实在在讲述两个渺小又伟大的人缓慢走过的一生。

　　之前，梁思成问林徽因："你想学什么？"

　　林徽因回答："建筑学。"这三个字让他们确定了一生事业的方向。

　　留学期间，梁思成报考宾州大学建筑系，林徽因则在美术系注册，选修建筑系全部课程。

　　他们合作设计建筑作品。林徽因画出草稿，梁思成负责将作品补充完整。当他们的作品放在全班30多幅作品中评选时，往往都是第一。

　　爱情就是这样，当找到自己真正热爱的东西时，两个有趣的灵魂自然就走到了一起。

　　梁思成性格稳重浪漫，林徽因则敏感轻盈。林徽因生日，梁思成亲手做了一面铜镜送给她。和梁思成约会，林徽因也会花很多时间梳妆打扮。梁思成每次去找她，都要等上二三十分钟。

　　后来，梁思成的弟弟梁思永还专门写了副对联调侃他们："林小姐千妆万扮始出来，梁公子一等再等终成配。"

五

1928 年年初，梁思成、林徽因结束四年留学生涯，也最终收获了爱情果实。

这年秋天，夫妻二人结束蜜月旅行回国，应张学良邀请，前往东北大学任教。在东北大学，他们创办了中国第一个建筑系，27 岁的梁思成担任系主任。

1929 年 1 月 19 日，梁启超病逝。这年夏天，梁思成和林徽因的第一个孩子出生，为了纪念刚刚故去的父亲——"饮冰室主人"梁启超，他们为女儿取名再冰。

在东北工作三年后，他们离开东大建筑系，合家迁往北平，租下了位于东城区的北总布胡同三号院。

这是一个种着马樱花树、丁香花和梅花的小院子，出入这个院子的，是当时的著名学者和一些文坛新人，金岳霖、沈从文、萧乾都曾是这个院子的座上宾。

这一年，他们的儿子梁从诫也出生了。这大概是林徽因一生中最快乐的时光了，她提笔写下：

你是一树一树的花开，是燕，在梁间呢喃。
你是爱，是暖，是希望，你是人间的四月天。

六

在安逸的环境中，很多人都做了岁月的奴隶，忘记自己想要追求的是什么。梁思成和林徽因没有忘记他们的初衷：从头开始，研究中国的建筑历史，创建中国建筑学体系。

1931年，他们加入中国营造学社。第二年，两人开始结伴漫游中国。他们所到之处，多是荒野，蝇虫乱飞，兵来匪往，条件苛刻又严酷。

有一个故事是这样的：1936年初夏，他们去考察龙门石窟。晚上他们回到旅店，铺上自备的床单，发现床单上落了一层沙土。梁思成用手掸去后又落了一层，掸了三四次后，林徽因突然惊叫："是跳蚤！"原来，落在床单上的不是"沙土"，而是成千上万的跳蚤。

为了考察，他们在极艰苦的环境下踏遍了大半个中国。他们去云南考察，云南多疟疾，他们走到哪都要背着帐子，带着抗感染药和指南针。他们走到四川，四川环境潮湿，蚊虫多。他们白天考察，晚上回到旅店第一件事就是搞来一大盆水，脱了鞋袜站在水盆中央，上下抖动衣裤，不一会儿就能看到水面浮着一层跳蚤。

后来，林徽因在纸上记下："每去一处都是汗流浃背的跋涉，整天被跳蚤咬得慌，又不好意思在身上抓，结果浑身都是包。"从1932年到1940年，八年的时间里，梁思成和林徽因的足迹踏遍中国190个县，共调查古建筑2738处，完成测绘图稿1898张。

七

1937 年，"七七事变"爆发，整个华北硝烟弥漫，已经放不下一张安静的课桌，曾经宁静的生活，转瞬间变成几件随身颠簸的行李。

隆隆炮声中，京、津、沪、宁、杭各地的大学，或西迁，或南渡，纷纷向后方转移。不管是教授还是学生，也不管是老人还是孩子，一同汇成苦难的潮水，缓缓行过中国大地。

9 月，梁思成一家踏上战争逃亡之路。他们先是从北平逃到天津，天津沦陷，又逃到汉口，汉口常年遭到空袭，只好继续往相对安全的地方跑。中国当时所有的铁路，都被他们走了一遍。

一个月后，梁思成一家辗转抵达长沙。不久，北大、清华、南开的 1600 名师生也抵达这里，国民政府决定在长沙组成临时大学。

白天，临时大学的教授们给学生上课，晚上，大家就聚在梁家讨论战争局势。临走前，所有人起立高唱抗日救亡歌，梁思成是这支"乐队"的指挥。但长沙的上空，刺耳的空袭警报声从未断过。

有次空袭来了，林徽因抱起女儿梁再冰，梁思成抱起儿子梁从诫，搀扶着林徽因的母亲，一家人拼命往楼下跑。等跑到楼梯拐角时，又一批炸弹落下，林徽因刹那间被震到了院子中央。

躲炸弹的经历多了，他们反而处之泰然。每次空袭后，他们还会开玩笑："今天这个炸弹很一般嘛。"

八

1940 年 12 月 13 日，他们辗转到达重庆以西 300 多公里的一个小镇——李庄。今天，李庄已经成了著名旅游景点，但那时，它还是个在地图上找不到的地方。

在李庄简陋的环境下，他们亲自做坯、烧砖、盖房。那应该是两位大建筑师一辈子盖过的最难看的房：一间小屋，全家只有一块大木板和一块小木板。但他们都说："在任何状况下，人都要活得优雅、有趣、充满希望。"两人拿出全部积蓄，林徽因对房子进行了简单的装修，铺了粗木地板，在靠窗的墙上做了一个简单的小书架，下面的木凳上铺上一些粗布，家里的陶制土罐里，插着大把野花。

他们用身体力行告诉人们：优雅，是一个人灵魂的样子，它不在于外貌和财富，而在于内心的高贵。

境遇越糟糕，他们越要努力活出人的样子来，生活越困苦，他们越不放弃对美的追求。

白天，林徽因带孩子们去邻近的村庄，看老师父们制作陶盆瓦罐。晚上，梁思成在煤油灯下教孩子们读诗。家中无钱可用，梁思成就典当衣服，甚至把派克钢笔、手表等"贵重物品"都当了换粮食。他跟孩子们开玩笑："把这只表'红烧'了吧！这件衣服可以'清炖'吗？"

家里买不起鞋，儿子梁从诫只能打赤脚或穿草鞋上学，时间一长，他的脚后跟被草鞋磨破化了脓。梁思成给梁从诫处理伤口，父子间的对话，至今听起来，仍是感人至深。

梁思成问儿子："怕疼不怕？"

梁从诫咬牙回答："不怕。"

随后，"咔嚓"一剪刀，梁从诫脚上一块坏死的肉被生生剪了下来。还没等他缓过来，梁思成又开始往伤口上倒碘酒，只有五岁大的孩子，疼得眼前直冒金星，但自始至终，他没有吭一声。

伤口处理好后，梁思成只对他说了一句话："好孩子。"

九

抵达李庄不久，林徽因的肺结核复发。之后的六年时间，她几乎全部在病榻上度过。

所有见过林徽因的人，在回忆她时，都说她是一个熠熠闪光的女性。但她的儿子梁从诫却说："人家说林徽因是个美丽的女子，是诗人，美丽的诗人，但对我来说，母亲只是一个长期卧床的病人。"

为了照顾林徽因，什么都不会的梁思成，学会了缝补衣物、输液、打针、做菜、炖汤。他甚至学会了打静脉注射，成为了林徽因的"全职护士"。

医生说："肺结核要隔离治疗。"他不同意："哪有什么可隔离的。"不久，他也感染上了肺结核。但在林徽因和孩子面前，他从不愁眉苦脸。每天下午，他带孩子们到河边"打水漂"，到了晚上，他教孩子们画画，画画时总爱哼着歌。

有一次，梁再冰让父亲念唐诗给她听。梁思成拿起桌上的一本《杜甫选集》，念了一首《闻官军收河南河北》。当念到"剑外忽传收蓟北，初闻涕泪满衣裳"一句时，突然掩面哭泣，涕泗滂沱。

生活越苦，他越相信"即从巴峡穿巫峡，便下襄阳向洛阳"的日子即将到来。

1944 年，梁思成接到一封美国朋友寄来的信。信中，朋友邀请他和林徽因前往美国，治疗林徽因的肺结核。收到信后，梁思成犹豫了。他爱国，不愿离开祖国，但林徽因的病，已经不能再拖了。

一天晚上，梁从诫问父母："日本人要是打进四川，你们怎么办？"

还没等梁思成回答，林徽因淡淡地说了一句："中国的念书人总还有一条后路，家门口不就是扬子江吗？"如此气魄，是很多男子也做不到的刚强。梁思成什么都懂了，他提笔给美国朋友回信："我的祖国正在灾难中，我不能离开她；假使我必须死在刺刀和炸弹下，我也要死在祖国的土地上。"

有了气节，就有了读书人的精神和风骨。要灵魂上的自由，也要识民族大义、舍生取义。有贫病交加，但不卑微；有悲怆，但不鄙俗。在九年的烽烟炮火中，他们始终没有离开中国半步。

后来，有人责怪梁思成放弃到美国治疗的机会，致使林徽因过早病逝，他回答说："我当然知道这个决定所付出的代价，但我们从未后悔过。"

十

到了 1944 年下半年，美国在太平洋战场上节节进攻，直逼日本本岛，世界大势已定。这一年，美国决定对日本进行战略性轰炸。但在日本占领的中国领域内，还有大量中国古建筑。美国陷入纠结，满世界找建筑顾问，最后找来一个中国顾问，这个人就是梁思成。

梁思成早年在日本读书，熟悉日本的文化和建筑，美军请他把中国日占区的古建筑标出来。谁也没想到，美军最后收到的是两张地图。一张是中国古建筑保护地图，另一张地图，则标明了日本京都和奈良需要保护的古建筑。

林徽因对美军说："也请保护日本的建筑。"

梁思成也说："建筑是人类的遗产和文化，不能因为一次战争，就摧毁掉人类的文化。"

最后，美军在把日本轰炸得支离破碎时，依然保护了京都和奈良的古建筑。

当时，所有的中国人恨不得日本被炸得一干二净，但在文化面前，有两个人克制住了自己的愤怒。

要知道，林徽因的弟弟就战死在抗日的战场上，但家有家仇，国有国恨，文化却没有国界。在文化面前，他们保持住了学者该有的客观、严谨和冷静，他们是心中有大海的人，这也是读书人应有的气度和胸襟。

还有一个故事是这样的：1946年10月，美国耶鲁大学聘请梁思成去讲学。他去了，向世界学术界报告中国古建筑，他是第一位在世界舞台上系统宣讲中国建筑历史的中国学者。报告结束，世界轰动。这一年，普林斯顿大学授予他名誉文学博士称号。

1946年，联合国兴建总部大厦时，来自全球十几个国家的11位建筑大师云集纽约，梁思成也是其中一员。他作为中国的建筑师代表，向设计团队贡献了中国建筑师的智慧。至今还保留着一张照片，这张照片今天依然值得回味。

在这张照片中，梁思成斜坐在椅子上，手拿样图，神情严肃，和一群国际建筑大师讨论着建筑方案。他代表了中国顶级建筑学家的水平，也是中国建筑学界真正的泰斗和权威。

那时，中国还在内战阶段，国家已是一团乱。即使国破山河，依然有像梁思成一样的人撑起中国的学问，站出来代表国家的学术高度和学术尊严。

十一

1945 年 8 月，抗战胜利。

消息传到闭塞的李庄，林徽因高兴得从床上坐了起来。那天，她让女儿为她换上新裙子，找人抬来一顶竹竿轿子。她坐在轿子上，在女儿的陪同下进了城。进城后，胃口一向不好的她吃了一碗面，又到茶铺喝了好几杯茶。抗战十四年，流亡八年，她疾病缠身，困苦不堪。那一天，是她最开心也是真正放松的一天，她在用这样的方式庆祝抗战胜利。

1946 年 7 月，梁思成一家准备返回北平。离开前，他们和朋友们合影留念，那时的林徽因，已经没有力气站着合影了。早些时候，医生就警告说，她的生命已不足五年。

这一年，回到北平的梁思成上书清华校长梅贻琦，建议在清华设立建筑系。清华大学批准了梁思成的请求，并聘任他担任建筑系主任。

为了尽快建立起建筑系，林徽因帮他出谋划策，从桌椅板凳、行政工作，到课程设置，甚至第一次怎么给学生上课，她全部参与讨论，费尽心血。当时，她既不是清华的教授，也不是清华的职员，甚至不领任何薪水。在夫妻二人的努力下，清华建筑系建立起来了。

至今，在清华大学建筑系的资料柜里，还存放着梁思成夫妇毕生搜集的古建筑资料，那是他们共同走过的岁月，清华也在用这样的方式纪念两位建筑系的开山鼻祖。

清华建筑系建立后，还发生了两件小事。1946年，梁再冰报考清华落榜。林徽因按程序请人调阅女儿试卷后，没有发现卷子中有错判、漏判情况。清华建筑系由她和梁思成一手创建，但她对女儿说了五个字："不能那样做。"

手中有权，但不破坏规则，不滥用权力，这就叫家风。

1950年，从小爱画画的梁从诫报考清华建筑系，考试结果下来，离录取线只有两分之差。梁思成是清华建筑系主任，但自始至终，他没有开口说一句话。梁从诫说："正因为我父亲是建筑系主任，所以绝无可能。"

身教胜于言传，这是梁家世代的家训。

十二

新中国成立后，梁思成和林徽因还一起做了很多事。

第一件：共同参与设计国徽。

第二件：共同参与国旗设计工作。

第三件：共同参与设计人民英雄纪念碑。

但比起这一切，他们做的更伟大的事是保护北京古建筑。

1949 年年底，北京举行城市规划会议，参加会议的苏联专家提议拆掉旧城墙，把北京建设为新兴工业城市。梁思成一听急了，他加班加点赶了一份建设方案报送。方案报上去后，没有得到答复。

1953 年 5 月，北京正式拆除城墙、牌楼、塔楼、碉楼和护城河，很多学者不敢说话。梁思成夫妇听到消息后，先是心痛，继而愤怒。林徽因冲进当时北京市副市长吴晗的办公室，指着他的鼻子痛骂："你们拆的是具有八百年历史的真古董，将来，你们迟早会后悔，那个时候你们要盖的就是假古董！"梁思成更是当场被气得失声痛哭，他痛心疾首地呼吁："拆掉一座城楼，像挖去我一块肉；剥去了外城的城砖，像剥去我一层皮！五十年后，历史将证明我是对的，你们是错的！"

拆城墙那天，梁思成抱着牌楼不放手，推土机和铲车驶过，他坐在一堆断瓦残垣中间，半天说不出一句话，最后像个孩子一样哭了起来。

梁思成 1923 年出车祸腰背受到重伤，一生腰都直不起来。但在所有人都沉默的时候，他却勇敢地站了出来。而林徽因呢，那时她的肺结核已经到了晚期，有时咳起来连口气都喘不过来，但她还是毫不犹豫地站了出来。

十三

后来，梁思成和林徽因双双病倒，住进医院。林徽因是个怕寂寞的人，住院期间，她和梁思成比邻而居，但两人都病得无法下床，每天见不上一面。

一次，有学生去看望梁思成，见到学生，梁思成第一句话是："你到隔壁看看。"学生不知道什么意思，到隔壁一看，林徽因正孤零零地躺在病床上。

学生陪她说了半天话，她精神了许多，话也多了起来，但说着说着，她突然叹了一口气："我们就是难夫难妇啊。"

1955 年 4 月 1 日凌晨，林徽因的生命走到了尽头。梁思成在病床上为妻子设计了墓碑，碑饰取自林徽因为人民英雄纪念碑设计的浮雕图案，墓碑上只刻了七个字：建筑师林徽因墓。

这一生，她是林长民的女儿，是梁思成的妻子，但最后能代表她的只有三个字：建筑师。

林徽因去世后的第一年，女儿梁再冰过生日，梁思成给她写了一封信："宝宝，我没有忘记今天……由医院回家后，在旧照片里我发现了一张你还是二十几天的时候、妈咪抱着你照的照片，背面还有她写的一首诗。我记得去年今天，你打了一个电话回家，妈咪接的，当时她忘记了你的生日。后来她想起，心里懊悔，难过了半天。"

这之前，梁思成给女儿写信，称呼都是"冰"，"宝宝"则是林徽因对梁再冰的爱称。

十四

林徽因离开那年，梁思成 54 岁。

七年后，一个叫林洙的女人走进了梁思成的生活，他们结婚了。但没了林徽因，梁思成始终开心不起来。1969 年的一天，梁思成翻报纸，看到一则北京西直门发现元代城墙的新闻。他又好奇又兴奋，由于行动不便，他对林洙说："你能不能到西直门去照张相，拿回来给我看一眼？"高压环境下，林洙摇头拒绝了。梁思成的眼神瞬间黯淡下来，半天沉默不语。

林徽因还在世时，有一次她对梁思成的学生说："梁先生是一个搞学问的人，他所有的东西都在他的学问里，剥夺他研究的学问，他就什么都没有了。"林徽因懂梁思成，如果她还在，一定会不顾一切为梁思成拍那张城墙的照片。慢慢地，被"剥夺"了学问的梁思成越来越沉默，精神也越来越不好，他终于倒下了。

1972 年，是梁思成生命的最后一年。1 月 1 日这天，人民广播电台播放《人民日报》的社评，病床上的梁思成扭头望着林洙，突然开口说："台湾回归祖国的那一天我是看不见了，'王师北定中原日，家祭无忘告乃翁'，等到了那一天别忘了替我欢呼。"八天后，1972年1月9日，一代建筑学宗师溘然长逝。

当年，父亲和爱人去世，作为建筑师的梁思成亲自为他们设计墓碑，而当他告别这个世界时，已经没有一个人敢站出来，为这个中国建筑系的开山鼻祖设计一寸墓碑了。

这是一个时代的悲哀，也是那个时代所有读书人的无力。

十五

如今，当我们回首整个20世纪，会发现有人因出身闻达天下，因红尘往事而成佳话，有人因专业研究有着长远的影响力。而梁思成和林徽因，则是将三者合为一体的人。

他们是地地道道的"二代"，却都突破了父辈的光环，成为了一代建筑大家。

他们兴趣相投，相知相伴，携手共度一生。

他们历尽艰苦，踏遍大半个中国，共同创办了一个严谨客观的学科。

直到他们去世，有些故事还飘散在风中，令人唏嘘不已。

他们一起经历的风风雨雨，也是那个时代所有人经历的风风雨雨；他们的无可奈何，也是所有读书人的无可奈何；他们经历的爱恨情仇，也是那个时代所有人的爱恨情仇；他们走过的挣扎彷徨，也是所有人都要走的挣扎彷徨。

沈芸
复娘

爱情的模样，

无非简单温暖，烟火寻常

人世间美好的爱情有很多种。

"我行过许多地方的桥，看过许多次数的云，喝过许多种类的酒，却只爱过一个正当最好年龄的人。"这是沈从文和张兆和的爱情。

"遇见你之前，我没想过结婚，遇见你之后，结婚我没想过别人。"这是钱锺书和杨绛的爱情。

"每想你一次，天上飘落一粒沙，从此形成了撒哈拉。"这是三毛和荷西的爱情。

当然，还有王小波遇到他的李银河："我们好像在池塘的水底，从一个月亮走向另一个月亮。"

对于现代人来说，一句"遇见你，就遇见了全世界"也足以感人肺腑、动人心魄。

而 200 多年前，人世间最美的爱情，发生在江南苏州城里。

一

那时候，苏州城小桥流水，错落有致，没有那么多的车，也没有那么多的人。佛曰：前世五百次的回眸，才换来今生的一次擦肩而过。

乾隆四十年，故事的男主人公沈复第一次与故事里的女主人公芸娘擦肩而过。

那年，13 岁的沈复跟着母亲去外婆家，在那里，他人生第一次见到了表姐芸娘。

芸娘眉清目秀，娇弱动人。只需初见，便已倾心，沈复发誓此生要与她结为伴侣。

爱情这事，往往就是从冲动开始，到婚姻结束。沈复也不知道自己从何而来的勇气，他向母亲说："我此生非芸娘不娶。"

母亲也喜欢芸娘，脱下金戒指递给芸娘，婚事就此定下。

过去的人好简单，简单得让人想落泪。

二

王家卫说："世间所有的相遇，都是久别重逢。"

两人再重逢，已是五年之后。乾隆四十五年的正月二十二日，他们重逢时，也是两人结婚时。这一年，沈复18岁，芸娘也是18岁，沈复比芸娘小10个月。

本是少年夫妻，按理应少不了磕磕碰碰，可他们的婚姻却是"棋逢对手"，定了终生。

他们在处世态度上棋逢对手。

芸娘刚嫁入沈家，拘泥多礼，不爱说话。沈复生性爽直，不拘小节。他常逗芸娘笑，慢慢地，芸娘的性格变得开朗起来。少年沈复常与朋友高谈阔论，年少气盛，爱说几句大话，而芸娘坐在旁边，会顾及沈复的面子，小心提醒几句。

他们在审美上棋逢对手。

沈复爱收集破画，芸娘爱收集旧书。收集到破画，沈复会手舞足蹈拿给芸娘欣赏；整理好旧书，芸娘也会喜出望外让沈复翻阅。书和画都是破旧的，上了年代的，可情呢？却是最简单的喜悦。

他们在兴趣上同样棋逢对手。

沈复读诗，喜欢杜甫，芸娘则爱李白。夫妻俩坐下来谈诗，常滔滔不绝，一室之中，你爱你的杜工部，我爱我的李太白。聊到最后，相视一笑。

世界上，最好的婚姻莫过于旗鼓相当，棋逢对手。一味的顺从会让人疲惫，一味的泼凉水只会让人心灰意冷。只有在精神上高山流水遇知音，在生活里，朋友一般平等相处，这样的爱情才最美，才最有趣，也最长久。

三

爱是一种慈悲，人世间最好的爱，莫过于伟大的成全。

沈复和芸娘的爱情便是这种成全。

有一年元宵节，沈复逛完庙会回家，看到芸娘在轻声叹气。

他转念明白了，芸娘是在叹自己是个女儿身。200多年前，女子出门被视为破败纲常。而为了成全妻子，沈复不管不顾，他找来自己的衣服给芸娘穿上，带着她溜出了家门，两个人大摇大摆走在苏州城。

那天，街上人来人往，遇到熟人相问，沈复调皮，笑称芸娘是"表弟"，芸娘也调皮，学着男人的样子拱手还礼。夫妻俩一路看灯闲逛，如兄弟一般，妙极了。

试想，那年的苏州城，满街的男人中，混进一个女扮男装的女人，这是怎样的一种情景。不禁让人感慨：200多年前，沈复带妻子上街，是一种何等伟大的成全。

我们常说，懂得是世上最温情的告白，而事实上，成全比懂得更伟大，懂得是感情的开始，而成全却是走过此生的勇气。

在爱情里，我害怕无助，你给我一个眼神，是成全；我走路下楼，你递给我一只手，是成全；我渴望爱与自由，你带我去看满天繁星，同样也是成全。

两个人走过此生，日子其实是一瓦一砖，生命却是一梁一柱。只要有了互相成全的勇气，也便有了一座城。

四

生活里，常听身边的人说："我之所以没有把生活过精致，是因为我没钱。"

这句话其实说错了，金钱从来不是审美，心才是审美。真正有审美的人生，是即便穷顿，也要尽可能保留高贵的人生态度和精致的生活艺术，活出真趣，活出人的样子。

婚后，沈复和芸娘便是充满审美情趣地活着。

沈复身无要职，常年给人当幕僚，相当于今天一个基层公务员。两人生活捉襟见肘，但他和芸娘在生活里，没有抱怨，没有怒气，仍然在精致地活，用心地活。

在我看来，他们活得真的美极了。

他们是这样活的。

两人爱小酌，虽然没有太多的钱，等到春天，枝头梅子泛青，芸娘就摘下梅子自酿成青梅酒，在小雨淅沥的晚上两人慢慢喝干，红着脸安静地睡过去。

虽然没有达官贵人家里的花圃园林，可芸娘有心，她走在路上见到精巧石子，细心捡回家，一块一块地垒，也能在小院子里垒出一个小假山，这让沈复对妻子称赞不已。

虽然没有上好的花瓶，可他们家每个花瓶都不曾空过，夏采芙蓉，秋藏菊花，花未枯萎，新花就已经重新插上。一年四季，房间里永远有花香。

200多年前，他们两个人闲下来时，就坐在屋檐下晒太阳，喝自酿的青梅酒，看假山盆栽，等夕阳西下。

想一想，这场景多美。

可以说，他们是中国生活艺术的典范。

两个人一起等待院子里的花绽放，一起在阳光下喝酒，一起体会身边的每一声鸟鸣，每一滴雨落，每一个安静的黄昏。

我们常说把日子过成诗，其实用心了，想把日子过不成诗都难。

生活对每个人都一样，你投入多少心思，它就呈现什么样子回报你。你眼睛里看到什么，它就是什么样子。你看到百花盛开，心里就有一座花园；你看到青石重叠，心里便是亭台楼榭；你看到梅子挂枝头，自然也会有美酒沁心脾。

五

世俗越粗糙，人越审美地生活——这便是他们的生活哲学。

关于喝茶吃酒，他们也有自己的喝法。

我们喝茶是解渴，喝酒是灌醉，而他们喝茶喝酒，喝的也是用心。

首先是用心选时间，一等一年，选在初春时节，油菜花盛开。其次是用心选陪同的人，携三两好友。最后是用心选喝酒的心境，叫对花畅饮。

为了喝出滋味，生怕酒变凉，对花喝冷酒，了无趣味。芸娘就雇来集市卖馄饨的，担锅提壶到郊外，用锅炉热酒，用砂壶煎茶，三五好友席地而坐，吃热酒，喝热茶，这样的生活看上去不能再美了吧。

仔细算一下，当时他们花掉的钱，不过相当于现在的几十块钱，一点都不贵。可在我看来，今天再丰盛的海天盛筵，也比不上他们的对花畅饮。他们喝的是心境，今天的我们差了不知多少个境界。

莎士比亚说："人应该生活，而非仅仅为了生存而活着。"这句话好像是为他们量身定做的。

我们大多数人懂得生存，却不懂得生活。生存是一种形式，生活则是一种态度。生存是一日三餐，柴米油盐酱醋茶，生活则是在平凡的日常里，活出生命的滋味，活出审美趣味。

六

在他们的生活里，这样的故事无处不在，仿佛每一个再平凡不过的清晨都变得非常有意义，相爱的人在一起，每一天都不是虚度。

可最让我感动的一个故事是：乾隆五十八年，也就是沈复和芸娘结婚后的第 13 年。那一年，他们人生中第一次去太湖。只记得芸娘说了一句：

"此即所谓太湖耶？今得见天地之宽，不虚此生矣！"

翻译一下，就是看到太湖，也不虚此生了。

古代交通不便，觉得世界好大，去了太湖，就好像看到了全世界，觉得人生至此也值了。

如果换到现在呢，从苏州到太湖，不过短短一小时的路程，可200 多年前，他们要乘船走好几天。

那时候世界真的好大，大到隔壁的县城就是远方，大到 50 里远的太湖便是整个世界。而从前的人呢？多认真，认真相爱，认真走完一生。就像木心说的："从前的日色变得慢，一生只够爱一个人。"

今天的世界呢？好像很小，小到没有了想象。而我们走着走着，还会发现我们依然是井底之蛙。你会发出木心那样的感慨："还是从前的人好，多认真，认真勾引、认真失身，峰回路转地颓废。"

过去的美，一切都美在简单，美在真诚，美在有心。

每次读到此处，仿佛看到那天夕阳西下，沈复和芸娘携手站在他们的世界里，湖中心的船在摇曳，然后伴随着夕阳消失在地平线，暮色褪为夜色，几颗星辰一闪，世界便亮了起来。

而只有月光下的他们，不作一语，身心澄澈。

七

这个故事发生在 200 多年前。

他们一生，不曾出过远门，一起只去过一次太湖，大部分时间沈复都在周边城市做幕僚，东奔西走，雪天寒夜，境遇可悲。世事如何耍弄，一律坦然顺受。走出去几天，便会给妻子写信。信件里，每个字都情深得让人感动。

之后，芸娘多病，1803 年离世，沈家家道中落，沈复在病中写下《浮生六记》，记下两人走过的生活点滴。随后丢下书稿，一个人去了山东，之后便了无音讯，好像从历史中彻底消失了。

多年后，到了道光年间，一个落魄文人杨引传在苏州的冷书摊上发现《浮生六记》，他惊叹极了：

原来人世间，还曾有过这样的夫妻。

后来到了民国，大学问家林语堂看到此书，惊呆了，他连连称赞："芸娘是中国文学上一个最可爱的女人。"

这本书到了大文学家鲁迅手上，一向不擅长描写爱情的他，同样也感叹："《浮生六记》中的芸，虽非西施面目，我却觉得是中国第一美人。"

后来，更多人知道了这个故事，称它为"晚清小红楼梦"，薄薄一本书，道尽人间百般滋味。

200多年前的往事，距离今天的我们并不遥远，如果逆流而上，也许几天就到了。

浮生若梦，为欢几何？

200多年前，沈复和芸娘擦肩相遇，令人感慨，原来人世间真有这样的夫妻，活得如此精精致致，真真实实。他们像两滴水一样追逐、相融，最终消失在浩瀚的烟波里。

故事讲到这儿也就结束了。

有些故事读懂了，也便是落泪的时候了。

说到底，美好的爱情和生活，其实都不复杂，你把它拆开揉碎了看，无非"用心"二字。

潘玉良

不断成长的女性，
才不会被世界辜负

人生就是一副扑克牌，一开始，发在大家手里的牌都不一样。有的人拿了副好牌，却打不好人生；有的人，拿着一副烂牌，却偏要把人生打好。

一

她一出生，就拿了人生最烂的一副牌。1908 年的江南，芜湖城的早晨白露泠泠。

一个叫王阿大的人，带着 13 岁的小女孩上了码头，穿街过巷来到芜湖最著名的妓院——兰心院，要把这个小女孩卖掉。老鸨打量着这个 13 岁的小女孩，甩了一句："人你还是带回去吧，这丫头吃不了这碗饭，小眼睛、厚嘴唇，怎么长也长不成美人。"

王阿大说："就留下来做烧火丫头吧！"

老鸨说："两担大米价！"

就这两担大米，小女孩就被卖了，卖她的人是她的亲舅舅。她1岁时，爸爸去世，2岁时，姐姐去世，8岁时，妈妈也走了。最后只剩下一个亲舅舅，还把她卖了。

从此，她身上便有了一个标签，这个标签叫"青楼女"。

她的名字叫张玉良。

二

人生在于选择，有人选择在盛世糜烂，也有人选择在废墟盛开。

进入妓院后，张玉良的人生从逃跑开始。

张玉良回忆，自己曾经逃跑过50次，每一次被抓回来，都是一顿毒打，胳膊腿常年都是青的。

老鸨甚至使出了最阴险的一招，叫打猫不打人，把猫放在她的裤裆里，束紧腿脚，用鸡毛掸子打猫，挨了打的小猫，四处乱抓逃窜，抓得玉良伤痕累累。

后来实在跑不掉，她就选择跳河、上吊，而每一次，她都被救下来，然后又是一顿毒打。

《肖申克的救赎》里说："生命可以归结为一种简单的选择，要么忙着生存，要么赶着去死。"

她的刚烈让经验丰富的老鸨都震惊了："我在妓院做了几十年，啥样的女人没见过，可我从来没有见过如此难以调教的女人！"

束手无策的老鸨只好让张玉良学琵琶、余派京戏、扬州清曲、江南小调。

人应该有一种力量，即使身在废墟之中，也应该让自己体面、干净，揪着头发把自己从泥土里拔出来。

几年过去，张玉良就成了芜湖城最会唱戏的人。在那个年代，说自尊或许可笑，但是它至少可以支撑着她不跌倒。

三

你是什么样的人，便会吸引什么样的人。

你是什么样的人，便会有什么样的爱情。

一日，新上任的海关监督潘赞化和商界朋友共赴兰心院盛宴。宴会中，张玉良唱了一曲《林冲踏雪》：

> 帽子上红缨沾白雪，身披黑毛兜北风。
>
> 枪挑葫芦迈步走，举步苍凉恨满胸。
>
> 这茫茫大地何处去，天寒岁暮路途穷。

就这简单的几句，慷慨苍凉，让潘赞化心头一颤，心生怜悯。

"如此人才，怎能屈身青楼？"

既是一见倾心，继而日久生情。潘赞化爱上了张玉良。潘赞化是留洋学生，身份显赫、仪表堂堂，张玉良是青楼女，不识字、厚嘴唇、小眼睛。怎么看，怎么也不搭。

剧作家廖一梅说："在我们的一生中，遇到爱、遇到性都不稀罕，稀罕的是遇到了解。"

潘赞化钦佩张玉良的才华和风骨，一怒为红颜："我为你赎身。"

东拼西凑，卖了祖传的宋代古董，凑得一万大洋，把张玉良带出青楼。

1916 年的深秋，在上海，潘赞化给张玉良买了一条白色的法式长裙，给自己买了一件黑色西装，到照相馆拍了结婚照，在家中举行了婚礼。那天，参加婚礼的人只有潘赞化的老同学陈独秀一个人。

那天，张玉良和潘赞化说："我要开始新的生活，我要把自己的姓改成先生的姓，我叫潘玉良。"

从此，张玉良已死，潘玉良新生。

四

只有让自己不断成长的女人，才不会被这个世界辜负。

结婚后，潘玉良买来了小学课本，让潘赞化给她上课，每天所学的必须当天就记下来，第二天找潘赞化考试。

一天，潘玉良看见一个叫洪野的画家在院子里画画。寥寥数笔，美人蕉就跃然纸上。从那一刻开始，她疯狂地爱上了画画。每天站在洪野身边呆呆地看，偷偷地学，如痴如醉。

先学素描，后学油画，生活费全部用来买绘画用品，恨不得吃饭时间都用在画画上。

一年后，这个出身青楼、不识字的女人，破天荒地考上了刘海粟创办的上海美专。她把长发剪成了短发，成了当时最时髦的女学生。

那时候，国内刚刚引进画裸体画，没有人当模特，潘玉良就脱光衣服，对着镜子画自己。

她还钻进浴室，躲在黑暗里，偷偷画别人的身体。她是那个时代着了魔的人。

有一次，她在浴室画画被人发现了，大家抓住她的头发："看啊，这个婊子把我们不穿衣服的样子全画下来了，揍她！"

还有人叫："我们才不要和婊子读一个学校，我们罢课！"

她挨了打，可她并不难过，因为她的画传了神，她觉得很值。

对于潘玉良，跟梦想有关的一切都是她的禁忌。在生活里，你可以随意伤害我，我无所谓，但是你不能碰我的梦想。

为了梦想，她先考到了法国里昂中法大学。她依然不满足，又考到了巴黎国立美术学院，最后，她甚至考到了罗马国立美术学院。

我在卧室画素描，常常一画就到天亮，

地板上、墙上，全贴满了我的画，

屋子里连下脚的地方都没有。

有一次，四个月没有收到家信和补贴。

我饿着肚子画罗马的斗兽场，画威尼斯宫，

我觉得很快乐，我从来没有那么快乐地找到自己。

潘玉良在绘画中找到了自己，只有让自己不断成长的女人，才不会被这个世界辜负。

五

其实每个人生活的本质都一样，不一样的是你在感受什么。你感受到向往，你便会为之奔跑；你感受到热爱，你便会为之疯狂；你感受到美，你便会学会爱这个千疮百孔的人间。

在欧洲求学八年之后，潘玉良回国。国内沸腾了，上海美专请她当老师，中央国立美术学院请她当教授。大家为她办画展，展览当天，民国政府主席林森亲自到场参观。行政院长孙科都来捧场，并订画数幅，满载而去。内政部次长张道藩上午看了，下午还去看，左手拿烟斗，头部微斜，看得得意时，跑近前去，又往后倒退，差点撞到其他观众。

《中央时报》甚至说徐悲鸿为一睹而快，夜闯展厅，没人开门，就从边门的书架钻过去。

徐悲鸿说："当时的中国画坛，能够称得上画家的人不过三人，其中一个就是潘玉良。"

陈独秀说："所作油画已入纵横自如之境，非复以运笔配色见长矣。"

张大千说："潘玉良用笔用墨为国画正派。"

可在中国，裸体画依然是禁区。

刘海粟和新任上海督办孙传芳公开对战。孙传芳电令刘海粟："希望你有自知之明，立即撤回模特制。"刘海粟当仁不让，立即回击："模特制为绘画实习之必须，与衣冠礼教并无抵触。"

潘玉良也当仁不让，举办了《春之歌》个人裸体画展，有人骂她："原来这个春字，不是春天的春，是思春的春。"

她在国内办的第五次画展，被人为破坏。《陈独秀肖像》被扔到展览的另一头，《大中桥畔》被刀子划出了大口子，《壮士头像》被写上：妓女对嫖客的赞歌。

还有一次，在学校的休息室里，潘玉良听见有人骂："中国人都死光了，让一个婊子来上课。"

她愤怒极了，推门进去，朝着那个人脸上就是两个耳光："我打的你，我敢负责，你为什么要恶语伤人。我不会欺负人，但决不会让人欺辱。"

潘玉良"啪啪"两巴掌打给那个时代的愚昧，打给那个时代的歧视。

六

1937 年，潘玉良参加在法国举行的万国艺术博览会。

在黄浦江头，潘赞化两鬓斑白，潘玉良流着泪说："你为什么永远都宽容我，为什么你不自私一点儿？"

潘赞化回答："如果让你做个安分的妻子，当初我就不应该送你去国外，既然让你学了画画，就应该让你自由。"

潘赞化把怀表放在潘玉良手里，只留下一句："要是想我了，就听听怀表，那就像我的心跳。"

这一走，就是 40 年。国内局势动荡，潘赞化在信中说："天气又冷了，暂时就不要回国了。"

他们一直通信，天冷了，写信："天凉了，玉妹加衣。""你一个人在外，不要太受苦，也不要挂念家里，我还是像以前一样生活。"

在法国，潘玉良有三不原则：

一、不加入外国国籍。
二、永不卖画。
三、永不恋爱。

不加入外国国籍，因为她觉得自己还会回来；不卖画，因为内心高洁；永不恋爱，因为她心里深深藏着她的爱人潘赞化。

1959年，巴黎大学的教堂极为庄严。巴黎市长宣布："尊敬的潘玉良夫人，恭喜您荣获巴黎大学多尔烈奖。"

这是该奖项第一次授予女性艺术家，而且来自东方。

潘玉良穿着旗袍，两鬓如霜。回到家中，她给自己倒了一杯酒："赞化，我想你了，请在梦中同饮了这杯酒吧！"

这一年，她的作品在比利时、英国、德国、希腊、日本巡回展览，大获成功，甚至法国一度不允许她的作品出境。

可是同年，潘赞化在国内悄然离世。过了好久，潘玉良才收到家信，大病一场，身体便大不如前。没有了潘赞化，回国便没有任何意义。

1977年，82岁的潘玉良用最后一点儿力气交代身边的老友："现在我不行了，我……还有一件事相托。我的所有东西，请你带回祖国，转交给赞化的儿孙们……还有那张自画像，也带回去，就算我回到了家……拜托了……"

她的声音越来越轻，病房里人们的啜泣声越来越大，最终放声痛哭。

1984年秋天，潘玉良的七大箱遗物和两千多幅画作，还有那枚寄托感情的怀表，终于漂洋过海，回到了家。

潘玉良在自己的笔下，总是穿着旗袍，色彩浓艳，像凄凉的胭脂。冷静细狭的眼神透露出对命运的反击和淡然，她一生最喜欢的印章是"总是玉关情"。

潘玉良一生都在为自己的尊严抗争，她的人生是一种极致——自由和尊严的极致。

命运一开始只给了她最坏的一副牌，而她却用尽一生，将面前的一道道高墙推倒，重塑自己，如同凤凰涅槃，浴火重生。

孟小冬

人生如棋，落子无悔

"这个世界上只有两种人，一种是喜欢京剧的人，一种是还不知道自己喜欢京剧的人。"

　　余派第四代传人王佩瑜，人称瑜老板，常说这话：

　　"京剧是乡音，既是故乡的声音，也是祖国的声音，是太美的一门艺术。"

　　瑜老板把传统京剧与现代元素结合起来，让现代人听懂京剧，恋上京剧。

　　她做客《朗读者》，将苏东坡的《赤壁怀古》献给京剧余派最好的传人——孟小冬。

　　京剧路上，孟小冬是王佩瑜的引路人。

　　王佩瑜曾不止一次提起："第一次听到孟小冬的《搜孤救孤》，

有一种被击中的感觉，我爱上了京剧，就是那一刹那。"

孟小冬，究竟是怎样的女子，又留下了怎样哀婉的故事？

一

1907 年冬天，上海，寒风凛冽，雪花漫舞。京剧老生孟鸿群而立之年，喜得千金。

亲朋好友前来祝贺，有一个叫仇月祥的男子也来了，一进门，就听到"哇哇"哭声，他大笑说："好嗓子！是唱戏的料儿，日后保准是名角，起名了没有啊？"

孟鸿群的妻子说："还没起名，就请姑父给她取个名吧。"

仇月祥沉思一下："眼看就要冬至了，就叫小冬吧。"

孟鸿群连连点头："好名字，小冬过了，就是大冬，要过年了。"

孟氏家族，梨园世家，三代出了九位京剧名角。

孟小冬祖父孟福保，艺名孟七，徽班出身，擅演武净兼武生。叔叔伯伯们，在戏曲界，都有所长。父亲孟鸿群，还曾与"伶界大王"谭鑫培配戏。

在这样的家庭长大，孟小冬的眼里耳边全是"戏"。

每日清晨，父亲孟鸿群领她去古城墙，那是练功者的聚集地。四岁的孟小冬看着小男孩儿们说："只是比我稍大些，个个双手撑地，双脚甩在城墙跺上，纹丝不动。"

父亲告诉她："他们在'拿大顶'，你想学吗？"

孟小冬回："想。"

自此，孟小冬天不亮，就起床练功，幼年便学了不少真本事。

二

孟小冬七岁那年，父亲演出《八蜡庙》，差点晕倒在台上，之后便瘫痪在床，不能继续唱戏。顶梁柱塌了，因为看病，家中积蓄很快就花光了。九岁那年，身为长女的孟小冬，只能离开学校。

孟鸿群写信给"菊仙派"老生仇月祥，请他收小冬为徒，但只能以老生开蒙，不许入旦行。

就这样，当初给孟小冬起名的姑父，成为了她的第一任师父。

每天早上，孟小冬练气、喊嗓、踢腿、压腿、下腰；回家后，学唱腔、习身段、念戏词，抽空还得为师父捶背、沏茶、装烟叶。

整个童年，除了吃饭睡觉，孟小冬都在学戏，终年无休，无日不唱。

"老师手握旧制铜线，每段新学的戏，唱一遍，放一钱在桌上，一遍遍唱，一个个叠，叠到快倒为止。"半年之后，孟小冬在"久记"票房第一次登台演出。她客串《乌盆记》，扮刘世昌，声色嘹亮，不显雌音。

三

就此，孟小冬开始跑码头卖戏讨生活。

第一站，无锡屋顶花园剧场，当晚大雨滂沱，却掌声雷动。孟小冬首次"挑帘"成功。

当年在全国唱戏，三个码头最难唱，天津、汉口、上海。

能拿下这三座城的观众，基本就算是成了。

而孟小冬只用了五年，就征服了三个码头的戏迷，成为梨园传奇。

每一个角儿都有一个入京梦，民国艺人"情愿在北数十吊一天，不愿沪上数千元一月"。

老琴师孙老元也曾说过："要想有所发展，应该进京深造，那才是京戏的打窝子，有的是高人。"

不入京，不成角儿，这是行规，更是铁律。

四

当年的北京，放眼望去，高手云集。

以梅兰芳为首的"四大名旦"，和以余叔岩为首的"四大须生"，都正处盛年，想在这里唱出名堂，可谓登天。

前门一带，明戏楼、清乐园、新民戏院……个个"大牌"林立，一眼望过去，大大小小都是"角儿"，连扫地的老汉和茶馆的小二儿，都能拉会弹，张口就来。

北京梨园行，入门有规矩：梨园子弟，来京闯荡，初来乍到，要再拜师父。

孟小冬拜在老生陈秀华门下，以"新人"姿态重新开始。半年之后，正式演出。一曲《四郎探母》，不承想红遍京城。

这世上，没有任何成功是容易的。若不是数十年的风雨征途，又怎能有今日的一飞冲天。这世界所有女性的成功，背后都是难以言说的颠沛流离。

从此，人们奔走呼告："孟小冬来了！"

剧评家"燕京散人"评价道："在千千万万人里是难得一见的，不敢说后无来者，至少可说是前无古人。"

《天风报》的主笔沙大风以"老臣"自称，称她为"冬皇"。

孟小冬不仅唱得好，人也美。当时的学生墙上挂的、书里夹的、文具盒里贴的，都是她的照片。

剧评人、袁世凯的女婿薛观澜认为："当年有美貌之称的名坤伶，姿色都不及孟小冬。"

更令人惊叹的是，就在她大红大紫、处于事业巅峰时，她没有顺势而上，却急流勇退了。

那是因为，她遇见了一个人，而这一切均起于一次擦肩而过。

五

这个人，就是梅兰芳。

曾经，在戏台后方，两人擦肩而过，孟小冬恭恭敬敬地叫了声"梅老板"，梅兰芳优雅地回了一个微笑。

过了些日子，一个堂会之上，两人恰好合演《游龙戏凤》："须生之皇，旦角之王，王皇同场，珠联璧合，赢得满堂彩。"

台下的"梅党"再也按捺不住了，纷纷建议：

"梅孟若是一段美满婚姻，今后的生旦对戏，天下还有谁能红过他们？"

只是此时，梅兰芳已有两房夫人。

大夫人王明华贤惠能干，体贴入微，到处陪梅兰芳演出，生了一双儿女之后，就做了绝育手术。两个孩子，却先后夭折，从此，王夫人一病不起。

为了梅家香火，王夫人同意让梅兰芳再娶一个女人进门，就是福芝芳。

但是，这一切，对于情窦初开的孟小冬而言，都不是阻碍。她以为有"情"饮水饱。

"梅党"齐如山一句"梅兰芳是兼祧两房的独子，大夫人早已移居天津，实际管家的只有福氏"，将孟小冬父母的所有顾虑也打消了。

孟小冬的师父仇月祥，却不看好这门亲事："这几年你跟着我，走南闯北，现在正走红，嫁过去，恐怕梅兰芳不会让你抛头露面出去唱戏。所谓拳不离手，曲不离口，只要半年一年不唱，就会前功尽弃，实在有点可惜。"

任何人的劝诫，也无法阻止孟小冬奔赴爱情。

巴尔扎克曾说过："从高层次来说，男人的生活是名誉，女人的生活是爱情。"

六

1926 年，孟小冬嫁给梅兰芳，婚礼简单而低调。

没有合八字、选吉日，没有烟花、爆竹，也没有花轿和乐队，参加婚礼的只是一些亲朋好友。

婚后，梅兰芳的日子依旧如常，上台唱戏，访友会客；孟小冬却从此退隐，犹如一只金丝雀，被关在了笼子里。

她开始学骑自行车、弹琴、绘画、书法、听唱片，偶尔也吊几嗓子、练练身段。

两个人在一起最幸福的时刻，大概便是这个故事里的时刻。

一天，梅兰芳带了一架相机来。

孟小冬说："我给你拍一张。"梅兰芳嬉笑着在墙上留下投影。

孟小冬问："你在那里做什么啊？"

梅兰芳答："我在这里做鹅影呢。"

两人的对话亲昵而欢快。

这是他们婚后最甜蜜的时刻。

七

张爱玲说:"可欢喜到了极处,又有一种凶旷的悲哀。"

一个叫李志刚的人,打破了这一切。他是孟小冬的粉丝,得知孟小冬已和梅兰芳成婚后,拿着枪要找梅兰芳复仇。

慌乱之中,却杀死梅兰芳的朋友张汉举,最后自己也被军警乱枪击毙,枭首示众。

福氏趁机一句关切的话:"大爷的命要紧,孩子不能没有父亲。"

此事之后,两个人便慢慢疏离。

1930年,梅兰芳的大伯母梅雨田夫人去世。孟小冬剪短发,戴白花,穿素衣,来梅府门前,为婆婆守孝。

正要进去,仆人却突然将她拦住,喊道:"孟大小姐请回。"

梅兰芳想要孟小冬进来,却被福芝芳威胁:"你要是敢让她进来,我和孩子就不活了。"

梅兰芳万般无奈,索性从此不问家事,可孟小冬的心却伤了。

她心如死灰。原来,梅府的大门从未向她敞开,她只是这个家的"外人"。

就像张爱玲说的那句:"普通人的一生再好也是桃花扇,撞破了头,血溅到扇子上,就在这上面略加点染成一枝桃花。"

孟小冬就是这朵血溅成了的桃花。

一个雷雨交加的晚上,梅兰芳站在孟府门外,彻夜等待,期待孟小冬回心转意，等来的却是孟小冬的"至死不再相见"。

窗外是大雨，而她的心伤了，伤得很重。

你若无情，我便休。

相爱时，轰轰烈烈，成为绕指柔；诀别时，干干脆脆，做回百炼钢。

从今往后，两两相忘，互不相欠，各安天涯。从那之后，梅兰芳绝口不提孟小冬，孟小冬也绝口不提梅兰芳，梅葆玖先生在世时，多人问及孟小冬，梅葆玖先生也不说一个字。

八

人生一世，难免会遇到无数坎儿，翻过无数山，越过无数岭，蹚过无数河，只有这样，才能看到落日和夕阳。

离开梅兰芳，孟小冬不问世事，只醉心京剧。

当年，京剧界"无声不学谭，无派不学余"。

余指的就是余叔岩，余叔岩本是"谭派"创始人谭鑫培的徒弟，后自开门派，开创"余派"唱腔，韵味醇厚、以淡求浓、意境深远。

学戏如登山，须拾级而上。多年前，孟小冬就一心想拜余叔岩为师，先后拜过两次，都被拒绝。

孟小冬很刚烈："老师不收，我要自杀了。"

直到 1938 年 10 月，京城泰丰楼才终于摆下两桌酒席，余叔岩正式公开收孟小冬为徒。

1943 年，余叔岩离世，孟小冬"为师心丧三年"，从此三年不再登台演出。

九

孟小冬再次登台是 1947 年，上海大亨杜月笙 60 岁生日。特在上海中国大戏院举办了七场赈灾义演，三场生日堂会。

孟小冬再次出山，连演两场《搜孤救孤》。

演出还未开始，原本只卖 50 万元一张的门票，竟然被炒到了500 万元一张，依然一票难求。

连"名角儿"马连良都弄不到坐票，只能找人在戏园子的过道加了张凳子。

1947 年的上海，小店里的收音机也被抢购一空。

演出当日，孟小冬唱腔流畅，声如裂帛，洒脱自然。每唱一句，喝彩声绵延不绝。

这是她拜师余叔岩之后的第一次正式演出，也是她最后一次公演，堪称"广陵绝唱"。

当时，同期梅兰芳还有八场，只是与孟小冬的两场错开。孟小冬的票价竟高过梅兰芳。

有人有意撮合两人再次同台，两人都回绝了。一世情缘却在今日变成了不发一言，令人好不伤感。

而当孟小冬唱戏时，梅家用人说梅大爷在家两天不出门，就守着收音机，整整听孟老板唱了两天，只是无人再能猜到梅先生当时的心情了。

人就是这样，一回首，就是百年身。往事成了烟，爱也变成往事了。

至此，孟小冬终于兑现分手时撂下的话："我今后要么不唱戏，再唱戏也不会比梅兰芳差；今后要么不嫁人，再嫁人也绝不会比你差。"

十

孟小冬第二任丈夫是杜月笙。

一个跺一跺脚都会让整个上海颤抖的人，可他不靠争强好狠，只以仁义闻名。出身江湖，却自掏 20 万给罢工工人，国难来临，却组织青帮 10 万人抵抗日军，哪一件事都是后世楷模。

孟小冬 11 岁那年，也就是 1918 年，她在上海大世界唱戏，杜月笙第一次听孟小冬的戏。

几年之后，孟小冬红透北京，杜月笙对孟小冬由欣赏转为爱慕，当得知孟小冬与梅兰芳成亲了，他只能远远观望，默默地守候。

杜月笙有一句名言："伤什么，都别伤女人心，女人是用来疼的。"

杜月笙对孟小冬便是如此。

在孟小冬这里，杜月笙是一枚 "暖男"。

在她感情受伤时，他挺身而出，帮忙处理她与梅兰芳分手事宜。

在她胃病发作时，他专程将北京名医孔伯华接到上海。她的病治愈后，他又大赏孔伯华。

战乱纷飞，他担心孟小冬的安危，就包了一架私人飞机，将她接到身边。

在她想拜余叔岩为师，重新学艺时，他又鼎力支持，让她排除一切后顾之忧，专心学戏。

张爱玲说："喜欢一个人，会卑微到尘埃里，然后开出花来。"为了孟小冬，大佬杜月笙，可以低到尘埃里去。

杜月笙说："我终于知道了爱情的滋味。"

1950 年，杜家全家准备从香港移民美国，杜月笙数着全家需要准备 27 个护照时，孟小冬在旁边轻轻问了一句："我跟着去，算丫头呢还是算女朋友呀？"

其他人没听懂，杜月笙却听懂了："办护照的事情暂停，赶快把我跟阿冬的婚事办了。"

杜月笙不顾家人反对，于乱世中病榻前，举办婚礼，让孩子们称孟小冬"妈咪"。

当时，杜月笙常年多病，由于和孟小冬办婚事，全家都错过了移民，当时的香港缺医少药。

杜月笙也错过了去美国的治疗，身体一天不如一天。但他不亏女人，直到最后都给心爱的人一个交代。

在梅兰芳那里，孟小冬没有得到的名分，杜月笙给了。

1951 年，杜月笙临终前，仅剩 11 万大洋。他立下遗嘱，如此分配：

"每个太太拿 1 万，长子拿 1 万，没出嫁的女儿拿 6000，出嫁的拿 4000。孟小冬拿 2 万。"

如果说梅兰芳是孟小冬的青春，那杜月笙则是孟小冬的港湾。

十一

1951 年，杜月笙去世。孟小冬一人移居台湾，之后，从未回过大陆，也没有再见过梅兰芳。

晚年，孟小冬吃斋念佛，戴着黑框眼镜，手挎黑皮包，常年穿一双黑布鞋。不再登台，只带一些京剧学生。

晚年，张大千是她的知音。孟小冬赠张大千自己的京剧录音带，张大千赠她《六条通景大荷花》，有点俞伯牙与钟子期的意味。

台湾作家蔡康永童年时，有一次，随父亲在餐厅吃饭，偶遇孟小冬。他眼里的孟小冬不再有"冬皇"的气势，却多了被岁月搓洗，渐渐化为灰扑扑的影子。

孟小冬正是从岁月里走过的人。

我也曾在一个收藏家的书房看过孟小冬的一些照片，一身素净，干净利落，英气逼人，美得让人觉得她像从古画中走出来的。

她的面容像她的字体，温婉清秀、遒劲有力。

"孤傲似梅，没有一丝一毫奴颜媚气。"

伶人开腔，落音无悔。

她的一生，有花开绚烂与繁华，也有花落淡然与苍凉。

也许这就是孟小冬的一生，看得让人心惊肉跳，又涕下沾襟。值得一提的是，晚年，孟小冬的书桌上常摆两张照片，一张是梅兰芳，一张是老师余叔岩。

1977年5月27日，孟小冬去世，葬于台北，而梅兰芳已在1961年早她去世了整整16年。

世事如沧海，沧海也化成世事。

孟小冬的墓碑，由张大千题写"孟太夫人墓"，她这一生，即便不遇到梅兰芳，不遇到杜月笙，她也依旧是孟小冬。

陈六使

教育是
一个灵魂摇曳另一个灵魂

他只有小学文化，却带着整个东南亚的华人商人、理发师、舞女，建了一所中文大学。为了呵护南洋华人的"根"，不惜仗义疏财，不惜对抗政府，甚至还丢了公民权。他是中国南洋华人最后的体面。

一

我们一直在讲修为，尊重比自己命苦的人就是修为。

20世纪50年代，在新加坡的一家餐馆里。饭菜上齐了，一位中年男人友好地和在座的朋友碰杯。忽然，他端着一盘菜起身走出门去，在座的人都很诧异，不知道他要去干什么。只见他缓缓地走向马路对面的乞丐，然后蹲下，双手将菜摆到乞丐面前。

这个中年人叫陈六使，留着中国南方人常见的平头，穿着西装，皮鞋擦得很干净。他真实的身份是新加坡树胶公会主席，是整个东南亚的行业领袖，是当时这个星球上橡胶行业的企业皇帝。

可在他眼里，每个人都应该被尊重。

我们一直在讲修为，尊重比自己命苦的人就是修为。

生活里，并不是每个人都能幸运地爬到财富的那一面，大多数是在夹缝里苟延残喘、疲惫不堪的人。

陈六使知道自己是幸运的那类人，有幸站在财富的那一面，有幸在高处立脚，但他并不踢打底层受苦的人，也不嘲笑受苦人的懒惰。相反，对于在底层受苦的人，他更多的是给予帮助和悲悯。

当年，每一个从大陆来到南洋逃难的人，陈六使都会亲自接待，并奉上一份"茶钱"，安排一份工作，让他们有一份安稳的收入。有人统计说陈先生一生帮助过几万人，上至富商巨贾，下至三轮车夫、理发师。

在新加坡，许多华人都欠陈六使一个人情。

二

1897 年，陈六使出生在福建集美乡。陈家一贫如洗，以务农捕鱼为生，陈六使六岁时，父母就去世了。上了几年小学，因为家贫，退学了。20 岁那年，就跟着哥哥到了南洋谋生。在陈嘉庚的橡胶园当学徒，别人做工偷工减料，他却非常卖命。

"每月工资四元，他很俭省，每月只花一元多，其他都储蓄起来。"陈嘉庚赏识他，就派他到新加坡橡胶厂当工头。

但是陈嘉庚对眼前这个年轻人并不放心。当时的新加坡治安很乱，卷着老板的钱跑路的事很常见。有一次，为了试探他，陈嘉庚给了他很多钱让他去采购原料。陈嘉庚说："如果这个年轻人拿着钱跑了，说明他是见钱眼开的小人。如果他从中吃回扣，说明这个年轻人没有大出息，不能委以重任。"

陈嘉庚看错了，这个年轻人不但没有携款跑路，而且以低于市场的价格采购到了最好的原料。办完事后，他把结余的钱如数上缴。陈嘉庚很惊叹，和身边的人说："这个年轻人恐怕以后就是南洋最体面的华人了。"

他说对了，短短几年，陈六使就成立了"益和树胶公司"，成为新加坡橡胶老大，还当上了新加坡树胶公会主席，成为整个东南亚胶业团体的领袖。

橡胶是期货，一天一个价格。今天约定价格三块一桶，明天就有可能一百元一桶。遇到价格飞涨，陈六使也决不提价一分。遇到价格暴跌，陈六使就亏到肚里，认了！

和他做过生意的人都知道，陈先生一言九鼎。在整个东南亚，每一个商人都爱说一句话："做生意要找陈先生。"

<h2 style="text-align:center">三</h2>

陈六使没有读过几年书，文化很少。但在新加坡的英国人、法国人、马来人眼里，他却是最体面的人，他得到了所有东南亚人的尊重。

体面不是因为文化的多少，而是因为修为。什么是文化？文化是为别人着想的善良，虽然身居高位，却对身处底层的人无比尊重。

20世纪50年代，每天都有记者采访他。

大家排着队想采访他，希望能够得到独家消息。陈六使没有架子，喜欢这些晚辈叫自己为"六使伯"，而不是叫主席或者董事长。

"有一次到了7点开饭，一个年轻记者不知何故没有到。大家都说别等了，六使伯却执意再等一会儿。到了8点，有些人饿得不耐烦了，六使伯说再等等。到了8点35分，这位年轻人才一脸歉意地到达，六使伯并不生气。"

陈六使常常爱说一句话："金钱如肥料，散播方有用。"挣的钱再多都不是自己的，花出去帮助需要帮助的人才叫钱。

有一次，一个理发师父的妻子病了，没钱看病，再耽误下去，恐怕就要死了。理发师伤心落泪，可他觉得自己混得差，没有脸面去找陈六使，就打发儿子去找六使伯。陈六使派人把他妻子送到医院，病治好了。听说理发师的儿子没有读书，就又安排他到华文中学读书。以后，每到逢年过节，就安排人去送点心、零食。

20 世纪 50 年代的新加坡，几乎每一个华人都接受过陈先生的帮助。不少后来发迹的人，都说自己受过陈先生的恩惠，很多企业家都说自己是陈先生的学生。

四

只为了给几十万华人找到一个中国文化的根，陈六使号召整个东南亚华人建了一所华文大学。

20 世纪 50 年代的新加坡，政府规定华人的孩子必须读英文学校。大家很担心，都说："连中文都不会说了，那我们就真成没根的人了。"一些商界巨贾坐在一起，每次说起都长吁短叹、唉声叹气。陈六使看了，也疼在心里，说了句："能不能我们自己办一所华文大学？"

大家都很震惊，说这太难了，要知道那时候新加坡准备全盘西化，根本不允许任何人开办华文大学。搞不好，还会被剥夺公民权。

1953 年，陈六使叫来商会的朋友们，突然宣布他要办一所华文大学。"要让孩子们不忘记母语，要让孩子们找到自己的根。"他话音刚落，全场就爆发出雷鸣般的掌声。要知道这个想法，在每个人心里至少想了 30 年。

沉默几分钟后，全场开始：

"陈先生，你安排吧，你说怎么做，我们就怎么做。"

"办华文大学，我出 10 万。"

"我出 20 万。"

"我出 30 万。"

现场慢慢安静下来，陈六使站起来："办华文大学，我陈六使捐 500 万，福建会馆捐 500 亩办校土地。"全场华人热泪盈眶，又是雷鸣般的掌声，都说陈先生可是要为华人办一件天大的好事。

消息传遍了整个东南亚。陈六使凭着自己的一腔热血，登高一呼，整个东南亚的华人沸腾了，万人响应。

从新加坡到马来西亚，在每一个有华人的地方，上至富商巨贾，下至贩夫走卒，人人都倾囊支援。新加坡 1577 名三轮车车夫一起义拉，中学生义演，理发师义剪。他们把所得的钱全部捐给南洋大学基金会。

都说"陈先生办了件伟大的事，我们地位很低，身份卑微，但也要竭尽全力"。

可是办华文大学这个想法刚提出，就遭到当地政府的反对。陈六使拜见新加坡总督顾德，得到回复："你们创办最高学府的用意是好的，不过这需要一笔庞大的经费，政府恐怕没有能力支持你。"

陈六使回答："教育是不分藩篱的，我们要创办大学，门户开放，欢迎各民族子弟前来深造，不需要政府花一分钱，我们自己全部负责。"总督也被陈六使的凛然大义打动了，这才答应南洋大学可以注册。

大学是启蒙之所，是智慧来源，而这所大学的发起者却是只有小学文化的陈六使。

什么是文化，文化就是民族认同感，文化就是打断了骨头还连着的那根筋。

只是为了给在南洋漂泊的华人找到民族认同感，找到民族自尊感。陈六使到处奔走，不惜对抗政府，竭尽全力。为了南洋大学，陈六使先生甚至被新加坡政府取消了公民权。

陈先生常说："文化没了，根没了，我们挣再多的钱有什么用？""中国就是我们的根，文化就是我们的筋，我们决不能丢！"

五

短短几个月，陈先生振臂一呼，就筹来了教育基金两千万元。大家商议请林语堂先生担任校长。林语堂不懂南洋华人办学之艰辛，先是派女婿任行政秘书，女儿任校长室秘书，侄儿任财务，一下子被大家讥笑为林家大学。

林先生还提出教育基金完全由自己支配，南洋大学执委会无权过问。大家彻底怒了，各界哗然，纷纷指责林先生无视新马华人热爱母语教育，指责林先生如此办学，铺张浪费。

林语堂恼羞成怒，指着陈六使，骂他背信弃义。"林先生，别着急，我们坐下来谈一谈！""你是小人，背信弃义，我要请律师告你们！"

林语堂请来律师马绍尔代理该案，马绍尔拒绝代理。林语堂火冒三丈，要求南洋大学赔偿 30 万元遣散费。

如果继续僵持下去，南洋大学的生命恐怕会就此结束，几十万华人的心血也会彻底白费。南洋大学执委会和林先生吵作一团。陈六使让大家安静下来，说了句："陈某感谢林先生对南洋大学的关心，我不会动用一分南洋大学的建校基金，林先生的 30 万遣散费，全部由我陈六使个人承担。吃亏，我一个人吃好了，决不能亏整个东南亚的华人，决不能用大家的一分血汗钱，更不能凉了全东南亚理发师、舞女、三轮车夫们的心。"

1972 年 9 月 11 日，陈六使因心脏病突发离世，整个华人各界悲痛惋惜。9 月 17 日，南洋大学将校旗覆盖在陈六使先生的灵柩上，出殡时，新加坡一时万人空巷，极尽哀荣。

许多人流着泪说："没有陈先生，就没有南洋大学。是陈先生帮几十万华人找到了文化的根。"

他一生没当过官员，没读过大学，却得到了全天下人的尊重，这就叫体面。体面是哪怕艰难，也要闪着坚毅的目光；哪怕富足，也不曾放弃谦卑的心态。衣不贵华，而贵洁，时刻保持一颗纯净的心，时刻保持一颗高洁的心。这就是陈先生的体面。

今天，没有多少人知道陈六使先生了。有时候想想。这个世界上，有根的人不多，因为有根的人走不了多远路，就会想家。我们习惯性记住了英雄，却忘记了那些为了一个"根"就拼了命的人。

我们形形色色，我们终归平凡，难逃宿命。是城市的膨胀，是各种看不见的欲望，是一夜的拆迁，让很多人站在了金钱的那一面。可我们依然失魂落魄，不够体面。

我们都是在风中走失的人。

金圣叹

一个人最大的高贵
就是坚守内心

坚守内心，保持清醒，真的"好疼"，但值得！

300 多年前，刑场之上，刽子手的鬼头刀寒光凛凛。

连金圣叹在内的 18 个犯人，披枷戴锁，走向刑场，其余人皆瑟瑟发抖，唯 53 岁的金圣叹如打马过街，闲庭漫步。

行刑将至，刽子手递上一碗送行酒。金圣叹仰头畅饮，大呼："割头，痛事也。饮酒，快事也。割头而先饮酒，痛快痛快。"

酒罢，金圣叹对刽子手说："喂，第一个先砍我的头吧。"

刽子手不屑："将死之人，谈什么条件？"

金圣叹说："我耳中有两张银票，你若先砍我就都归你。"

刽子手往刀上喷一口酒，手起刀落，第一个斩了金圣叹。待人头落地，耳朵里滚出两个纸团，刽子手急忙打开，只见一个写着"好"，另一个写着"疼"。

好玩了一辈子，死了都要玩，除了金圣叹，在中国的历史上，恐怕再也找不到第二个人了。

一

1608 年三月初三，伴随一声啼哭，金圣叹出生在苏州城。

苏州盛产才子，明清两代共出状元 200 多位，光苏州就占了 35 位。但就是 35 个状元加起来，也抵不过一个怪才金圣叹。

15 岁那年，金圣叹参加科举。多少读书人十年寒窗，只为出人头地。但金圣叹考试，不过三分钟就飞快交卷。

第一次作文题：西子来矣。题面：以西施救国为材料写不低于 800 字的作文。

考试明明是要写作文，金圣叹却写了首打油诗：

开东城，西子不来；

开南城，西子不来；

开北城，西子不来；

开西城，则西子来矣，西子来矣。

批卷的老师看了，要求 800 字的作文，却只写了 38 个字，还无厘头搞怪。大笔一挥：

零分作文！

第二次考试，题面：以《孟子》里"此则动心否乎？"的一则故事写不低于 800 字的作文。结果金圣叹本性难改，在考卷上写：

动动动动动动动

动动动动动动动

动动动动动动动

动动动动动动动

动动动动动动动

动动动动

一口气写了 39 个动字，批卷的老师看了，又是你！去年还写了一首打油诗，今年就纯粹是搞事情。大笔又一挥：

零分作文！

后来别人问金圣叹："为什么要写 39 个动？"

金圣叹答："孟子有名言说'四十不动心'嘛，他只是说 40 岁不可以动心，那前 39 岁，照样还是可以动心嘛，所以我就写了 39 个动字。"

如此张狂，恐怕全天下除了金圣叹，再找不到第二个人了。

第三次考试，题面：以"孟子将朝王"为主题写不低于 800 字

的作文。

金圣叹这回更绝，在卷子四角各写一"吁"字就交卷了。

批卷的老师看了，还是你！去年还有 39 个字，今年一共就写了四个字。又大笔一挥：

负分！

别人问金圣叹："为什么写四个'吁'呢？"

金圣叹答："考题不是孟子觐见王吗？怎么见呢？肯定是骑马从东南西北四个方向来，骑马不就是'吁'？"

金圣叹连考了三次试，一次比一次考得不正经，一次比一次考得放荡不羁。

明清科举考试，只限制考八股文，每一个字都要死守在固定的格式里，文人的思想和才华受到了极大的束缚。

少年金圣叹，便开始用自己的方式，冲击陈旧的弊端，以绝对的自由，对抗迂腐制度，实现自我觉醒。

二

一连三次，金圣叹承包了市面上最火的零分作文。

许多人质疑：这个自毁前途的考生，是怪才，还是真傻？

第四次考试，金圣叹一反常态：年年拿零分，还真以为我不行？

这一次，金圣叹正儿八经地坐在考场里，直接就拿了乡试NO.1。

考中之后，大家都以为他要当官，大展宏图去了，谁知道他选了个最冷门的职业：扶乩（知识点：此字读jī）。

扶乩是当时很冷门的职业，主要工作是请仙佛鬼神附体，进行占卜。今天我们玩的碟仙、笔仙，都是当时金圣叹玩剩下的。

但即便是最边缘的职业，金圣叹也玩出了新高度，成了扶乩的高手。连叶绍袁、姚希孟等文坛大咖，都登门邀请金圣叹扶乩占卜。

这就是金圣叹，他用最玩世不恭的态度过枯燥乏味的生活，用对抗来抵达内心，用嘲弄来抵达彼岸。

金圣叹9岁读私塾，一上课就昏昏欲睡：学四书五经太无聊，整天就知道子曰子曰的。

不爱读四书五经的金圣叹，偷偷在课堂上读《水浒传》《西厢记》。

那是万历年间，《水浒传》被视为犯上之书，《西厢记》被视为淫秽之书。光天化日，翻这两本书，是大逆不道。

可金圣叹不但读禁书，还批禁书。12岁，金圣叹手抄《水浒传》，做评点注释，只花费了5个月就全部评点完成。

几年后的一个冬夜，窗外下着鹅毛大雪，金圣叹靠着炭火重读《水浒传》，突然灵光一闪：

108 将的结局实在太丧，何不让好汉们的命运定格在最辉煌的时刻？

金圣叹说："读书不就是读一场梦吗？如果梦都醒了，那读书还有什么意思呢？"

金圣叹大笔一挥，把 120 回中的后 50 回删了个干干净净。

金圣叹批点《水浒传》。苏州城的地下书商都炸了："阁下何不同风起，扶摇直上九万里？"

但没想到的是，金圣叹的删节版《水浒传》一经问世，便在市场大卖，在中国畅销了 300 多年。

著名史学家钱穆对《金批水浒》爱不释手。钱穆说："是《金批水浒》教会了我读书方法，我一生用《金批水浒》教的读书方法来阅读和研究一切著作。"

批完《水浒传》，金圣叹还不过瘾，接着批《西厢记》，如痴如狂，自己入戏成了男主角，竟然出不了戏，三四日不言不语，茶饭不思。金圣叹评注的《西厢记》出版后，成了畅销书，人手一册。连顺治帝都疯狂爱上了金圣叹版的《西厢记》。

金圣叹还给天下书籍排座次，评《离骚》第一，《庄子》第二，《史记》为第三，《杜诗》为第四，《水浒》为第五，《西厢》第六。这一排座，很多文人就认为是触犯了自己的审美，极为不爽，组团冲到他家大门口大骂：

"离经叛道，胆大妄为，斯文败类！"

骂声越多，金圣叹越爽，一个人真正的成熟是不在意别人的看法，自己忘我地活着。宁可在自己的世界里孤独，也决不去别人的世界里苟同。

要说狂吧，恐怕全天下也再难找到金圣叹这般。

可他的狂和诙谐是建立在真才实学的基础上，更多的是一种读书积累到足够量之后的顿悟，从而真的把书读活了，最终看到了别样的天地。

三

除了批书，金圣叹还爱批人。别管多大的腕儿，批起来都火辣毒舌。

深夜，一盏青灯，他靠在太师椅上，面对浩瀚书海，开始批古人：
刘辰翁嘛，是个奴才；
苏轼嘛，没有大局观；
晏殊的才气嘛，如痴狗咬块
……
他把能批的、不能批的历代文豪逐一批了个遍。

他批起人来，连自己的亲舅父也不放过。

金圣叹的舅父是文坛领袖钱谦益，李自成进京后，他投靠了南明奸相马士英。清兵入关，他又投降当了清朝礼部侍郎，是个墙头草，随风倒。

钱谦益八十寿诞，金圣叹顺母命被迫前往祝寿。

酒席上，嘉宾们都在政治互吹，对钱谦益溜须拍马。有人起哄："都说钱大人的外甥是大才子，还不快写几句，让我们见识见识。"

金圣叹也不推辞，左手握着鸡腿，右手捉笔，写了副对联：

一个文官小花脸，三朝元老大奸臣。

谁也不曾想到，金圣叹会将自己的舅父骂了个狗血淋头。

在志向面前，秉存高洁，不避亲我。决不卑躬屈膝，养浩然正气，挺一身脊梁。

大多数人在金钱和诱惑面前，人的底色就出来了，可金圣叹却用自己的硬骨头，保留了读书人最后的体面、最高的尊严。

四

金圣叹有一阵，到苏州报国寺闲住，深夜失眠，便起来找寺院方丈，开口借几本佛经来批点。

方丈久仰他大名，怕他在佛经上乱涂乱画，硬是不借。

金圣叹撒泼耍赖，一屁股坐在方丈禅房里不走。方丈无奈地说："我出一联，你若能对上，就答应你；若对不上，那就免谈。"

金圣叹满口答应，请方丈说出上联。

此时正值深夜时分，二更已过，三更未到。方丈脱口就说出上联："深夜二更半。"

金圣叹苦苦思索，却没能对出下联，只好悻然而去。但谁也不曾想到，这一遗憾，金圣叹却用了一生去解答。1661 年，苏州吴县一位新县令上任。新县令搜刮无度，打死无辜百姓，金圣叹早就想治他。带着百姓聚于孔庙，哭着请求罢免新县令。

可叹自古读书人多狂狷，自古读书人多道义，自古读书人多囹圄。

金圣叹状没告成，反被倒打一耙，被诬陷为鼓动谋反。

这场"哭庙案"下来，金圣叹等 18 名士人被判处死刑，秋后斩首。

阴森大牢内，金圣叹面对墙壁发呆，有一夜突然欣喜若狂，要找儿子来有要事相告。

儿子来了，以为父亲要交代要事，结果只是让他给报国寺方丈带五个字：

"中秋八月中。"

正好对方丈的上联："深夜二更半"。那天，深秋落叶满寺，竹林向晚，方丈在青灯下独坐，半天只说出一句：妙对！妙对！

只是金圣叹对出了下联，却再也无缘批点佛经。

这就是真的读书人，宁可舍命，却不舍风流；宁可身陷牢狱，也不舍妙趣横生。

行刑前夕，金圣叹依旧放浪形骸，尽情"表演"着自己的人生，他为自己的人生点缀，为自己的人生收场。我的人生不需要别人的评点，我一个人来诠释，这就足够了。

他叫住狱卒："我要写遗书。"

等纸砚拿来，遗书写完，令世人惊叹的是，金圣叹写的不是分割财产，也不是后事如何安排，而是花生米和豆腐干同嚼，有火腿味。

这就是金圣叹，既然与天斗，我斗不过，与地斗，我也斗不过，那就索性对这个世界吐口水，去消解、去抵抗、去瓦解这个世界的丑陋百态。

我也曾学圣叹先生，将花生米和豆腐干同嚼，不曾吃出火腿味，却吃出了满满的圣叹味。这个味道叫作玩世不恭，这个味道叫作放浪形骸，这个味道叫作冷眼相待，这个味道叫作最是文人不自由。

慷慨赴死易，从容就义难。而金圣叹却是从从容容，真正的读书人从不怕死，死亡只是一场没有返程的远行。

五

1661年8月7日。刑场上，秋风断肠。刽子手的鬼头刀已经磨好。
行刑之前，金圣叹的儿子望着即将永诀的父亲，哭成泪人。
金圣叹安慰儿子，说："哭有何用，来，我出个对联你来对。"

随即吟出上联：莲（怜）子心中苦。

儿子跪在地上肝肠寸断，哪有心思对对联。金圣叹说："起来吧，
别哭了，我替你对下联——"
梨（离）儿腹内酸。

父子情一场，只需十个字，便肝肠寸断，催人泪下。
金圣叹死后，官府查抄金圣叹的家，没什么财产，只有几案头
未批的古书。书被官兵付之一炬，剩下满地灰烬。

自古都是读书人最长情，最无力，也最多艰。

那砍头不是金圣叹一个人的疼痛，而是整个时代的疼痛，是读
书人的疼痛。多半艰难大于顺遂。

那疼痛的背后，却是咬紧牙关的灵魂。

今天我们读金圣叹，读的是他的好玩。

人生不过是一场游乐场，就算全世界都对你冷眼相待，你也依然可以尽情表演，坦坦荡荡。

今天我们读金圣叹，读的是他的达观。

一切达观，都是对悲苦的冷眼，用达观去抵抗世界的麻木不仁。

今天我们读金圣叹，读的是他的清醒。

在浊世中保持清醒，不随波逐流，不污垢满身。

坚守内心，保持清醒，真的"好疼"，但值得。

李小龙

功夫不在输赢，
而是寻找自己

1945 年的香港，阴冷而潮湿，日军敌机压顶，人们四散逃跑，孩子们都吓哭了。李小龙这年五岁，胆大包天，他爬到楼顶，踩着小板凳爬到安全护栏上，挥拳冲着低空飞过的日机大骂："臭飞机，我要统统砸碎你们！"

一

你以为李小龙从小是练武奇才？
其实他比一般人更不适合练武。

1940 年，李小龙出生在美国加州旧金山。他出生时全家生活困难，当时闹霍乱死了很多人。祖母迷信，为他取了"细凤"这个女性化的乳名，希望能欺骗牛鬼蛇神，免遭鬼魅加害。

他的童年和少年是在香港度过的。电影中的他浑身健硕的肌肉，特别勇猛。其实他小时候，身体非常瘦小，一刮风下雨，他就感冒发烧，基本上每周都会去一趟医院。

父亲为了让他变得强壮，少生点病，只能教他练武，他 7 岁时，父亲便开始教他打太极拳。以李小龙的体格，别说是什么练武奇才，甚至连庸才都算不上。

李小龙从小是近视眼，近视高达 600 多度，看什么东西都是模糊的，走在路上，一不小心就撞上了电线杆。

后来，他父亲给他配了一副眼镜，一翻跟斗，眼镜就飞出去了。别人在扎马步时，他还在满地找眼镜。

李小龙还特怕蟑螂，看见蟑螂就浑身打哆嗦。他父亲说："你连蟑螂都害怕，还练什么武呢！"可李小龙偏不信邪。他把蟑螂串成一串，做成项链戴在脖子上，狠狠地逼自己克服恐惧，这么恶心的蟑螂项链，他连续戴了一个月。终于有一天，李小龙皱着鼻子对母亲说："妈妈，我连蟑螂都不怕，我是全世界最勇敢的人。"妈妈笑了。

李小龙有很大的先天缺陷，天生扁平足，是个鸭掌脚，走起路来像鸭子一样左右晃，走路都走不稳，更不能像常人那样全部脚掌贴地平蹲，这样的身体条件，是根本不适合练武的。

1953 年，13 岁的李小龙在达街武馆内第一次见到叶问。叶问穿着深色长衫，身材很瘦，不喜多言，一点都不像练武之人，倒像个教书先生。

李小龙心里一震，原来习武人还可以这样。不是"身穿精武装，腰束纱带，脚踏精武靴"的打扮，而是沉稳大方，斯文儒雅。

李小龙跟着叶师父苦学了六年咏春，他把叶问当父亲，叶问也很疼爱他，把他当成儿子看待。有一天，叶问对李小龙说："你命中有短命之相。"

李小龙大惊，问："师父何出此言？"

叶问说："你腿脚天生有缺陷，相书上说这是短命相。你以后为人处世，定要刀藏锋芒，内敛克制。"

多年后，李小龙回到香港，吃夜宵时问师父："您信不信我现在可以蹲下来？"

说完，李小龙脚掌吸地蹲了下去。

叶问感叹："你竟然凭着苦练克服了先天缺陷！"心里想着小龙注定是个大才。

二

你以为李小龙爱打架是好勇斗狠？

其实他动手只因一副侠义心肠。

李小龙少年时天天"惹是生非"，家里都叫他"坐不住"。

上小学时，他不爱读书，天天跟同学打架。放学回家，总是一把扯掉校服，换上武术训练装，跑到街上找人打架。

对手被他揍得鼻青脸肿，几乎每天都有家长带着孩子上门问罪。李小龙的父亲天天给人赔礼道歉，半年内茶叶都喝掉了五斤。

有一天家人正在吃饭，吃着吃着，李小龙突然丢下饭碗，狂奔而出。

全家人都蒙了，原来有一个盲人正在过马路，而马路被修路工挖了一个大坑。李小龙怕盲人掉进坑里，赶紧过去搀扶。

母亲何爱瑜说："我儿子虽然调皮，爱惹是生非，可天生有侠义心肠，长大了也不会学坏。"

1965 年，李小龙和嫂子林燕妮一起搭乘小轮回香港九龙。

轮船上四个古惑仔调戏林燕妮："喂，那个小妞很正嘛，借我们今晚暖暖床，怎么样？"

李小龙指着他们吼道："你们给我小心点，不然老子对你们不客气。"

船靠岸后，四个古惑仔堵住李小龙，围上来就打，结果被李小龙一顿痛打。

李小龙指着他们说："你们这帮恶人，以后再看到你们调戏女孩子，见一次，我打一次。"

20 世纪 50 年代的香港黑社会横行，有"万安堂""福安社""太平山体育会"等，这些黑帮打架砍人，抢夺地盘，大批古惑仔奸淫掳掠，极为猖狂。本来要到街边水龙头取水的家庭主妇，都吓得不敢出门了。还有一些流氓天天堵在学校门口，欺负漂亮女同学。

李小龙 16 岁那年，班上有一个女同学被流氓欺负，身上青一块紫一块，哭着来上课。

李小龙得知后，当晚八点，尾随那帮流氓，追到一个巷子深处。那天香港九龙下着瓢泼大雨，流氓一共八人，腰里藏刀。李小龙单枪匹马，赤手空拳。八个人顿时手握匕首冲上来，李小龙快拳如雨点，一群人全被打倒，其中两人还被打成了重伤。

这件事闹得沸沸扬扬，流氓家属到学校闹事，校长为了息事宁人，把李小龙直接开除了。

李小龙愤愤不平，坏人猖獗，就是因为好人沉默。沉默，有时也是一种作恶。

三

你以为李小龙只是一介武夫？
其实他还是位文艺青年。

很多人只知道李小龙功夫高超，其实他舞艺也出类拔萃。

1958 年，李小龙还参加过"全港恰恰舞公开赛"。对手们都是认真准备，精心挑选专业舞伴，选漂亮服装，日夜排练。

而李小龙什么也没准备，决赛那天，他才记起来自己还没选舞伴，随手拉着小自己 10 岁的弟弟就去了，结果获得了全港冠军。

这一年，被开除后的李小龙，口袋里揣了 100 美元，坐上了开往旧金山市的克利夫兰总统号邮轮。

李小龙坐的是经济舱，旅途苦闷，他就跑到甲板上跳恰恰舞。一个穿西装的老头看到了，对他说："小伙子，你教我跳吧，我给你一个头等舱，怎么样？"

就这样，李小龙没花一分钱搬进了头等舱。

当时在美国，华人学生都是靠在餐馆打工刷盘子、兼职送早报来挣取生活费和学费。

而李小龙走到哪儿都穿着花衬衫、喇叭裤，戴蛤蟆镜，听猫王，还教当地的美国人跳恰恰舞，挣取非常可观的外快。

李小龙不但功夫好，而且学习成绩也很好，是不折不扣的学霸。1960 年，李小龙考入华盛顿大学。

大学期间，当同学都在发愁写论文时，李小龙却在操场草地上写诗，尤其酷爱现代诗，同学们都很喜欢他写的诗，他的诗还被美国文学刊物发表。

最牛的是李小龙还擅长翻译诗歌，将大量的中国古典诗词翻译成英文诗，如将赵孟頫妻子管道昇的《我侬词》翻译成了唯美的英文诗。

Who knows when meeting shall ever be

你侬我侬，忒煞情多；

It might be for years or

情多处，热如火；

It might be forever

把一块泥，捻一个你，塑一个我，

Let us then take a lump of clay

将咱两个一齐打破，用水调和；

Wet it, pat it，And make an image of you

再捻一个你，再塑一个我，

And an image of me，Then smash them, crash them

我泥中有你，你泥中有我；

And, with a little water，Knead them together.

与你生同一个衾，死同一个椁。

在华盛顿大学，李小龙主修戏剧表演，演话剧、设计舞美、写剧本，在校期间，已有剧本被美国导演看上。

李小龙还辅修了最难学的哲学，熟读苏格拉底、笛卡儿等，最喜欢的哲学家是庄子，许多人后来都说李小龙是哲学家，李小龙说："我学哲学，是为了更好地认识自己。"

大二那年，李小龙还受邀到西雅图加菲尔德学校，结合中国功夫讲授庄子道家思想。他对学生说："中国功夫的特别之处就是它的简单质朴。"

美国教授 Martin 说："李小龙身上有着东方哲学家的思考，他的学术水平完全可以胜任大学教授。"

四

你以为李小龙的截拳道只是一门格斗术？

其实截拳道是一门磨炼人意志力的武术哲学。

许多人认为截拳道只是一种格斗术，目的是把对手三两下打倒。

李小龙出拳很快，一秒之内可以打出七拳，连踢六脚，他的绝招是在空中连续三个角度踢腿，人称"李三脚"。

他的动作之快，必须在摄影机的慢镜头下才能看清。直到现在，全世界顶级的拳手都无法做到。

但李小龙从不把这些绝技用于擂台比赛，功夫只是为了磨炼自我，而不是杀人技。

李小龙说："截拳道的终极意义，就是磨炼人的意志，将人类的潜能发挥到极致。"

1970 年的夏天，李小龙在一次举重训练中腰椎严重受伤。医生诊断他可能瘫痪，终身无法再练武。可是第二个星期，李小龙就在病床上开始康复锻炼，极为痛苦。

他还为自己写了很多张"Walk on"（坚持下去）的字条，贴在浴室的镜子上、门上、墙上，鼓励自己坚持下去。

所有人都没有想到，半年后，李小龙竟然恢复了，又生龙活虎地走进练功房练武。

主治医生都惊讶不已，说："意志力这么强的人，我从来没见过。"

李小龙创立截拳道，用武术致敬道家思想。许多人都没想到的是，融合世界各国拳术，以咏春拳、拳击与击剑作为核心技术的截拳道，其核心理念竟然是：

以水为本质而攻击，反击将一切化解于无形。

这正是庄子的道家哲学，李小龙用拳头猛击大海里的水。在击水过程中，他悟到了功夫的真谛——像水一样的力量。李小龙写诗，阐释这种力量：

Empty your mind

心无杂念

Be formless

于无形中

Shapeless

千变万化

Like water

就像水

If you put water into a cup

it becomes the cup

入杯，即为杯

You put water into a bottle

it becomes the bottle

入瓶，即为瓶

You put it in a teapot,

it becomes the teapot

入壶，即为壶

Now, water can flow

静，若行云流水

Or it can crash

动，则骇浪滔天

Be water my friend

像水一样吧，朋友

五

你以为李小龙只是一个武打演员？

其实李小龙是功夫电影的开创者。

1971 年，李小龙签约香港嘉禾电影公司，他拍电影，有两大特点：

拒绝假打，拒绝特技。要打就硬桥硬马，拳拳到肉。

1972 年 3 月 22 日，《精武门》在香港上映，当年成龙还是一个跑龙套的演员，剧本需要李小龙飞身一脚踢飞一个日本武师。导演说："你脚力那么强，谁能扛得住。"

成龙说："让我来！"

结果李小龙一脚就把成龙踢倒了。

在中国，每一个功夫明星身上都有李小龙的影子。

成龙、甄子丹、吴京，每一个武打演员都把李小龙奉为偶像，连周星驰也不例外，他在《功夫》中的形象，就是在致敬李小龙。

在李小龙之前，从未有过真正的功夫电影，在他之后，世界功夫电影开始发生翻天覆地的变化。

李小龙是功夫电影的革命者。他开创了"功夫电影"这一中国独有的类型片。

李连杰说："李小龙的电影是开创历史性的，他是第一个看到功夫未来发展趋势的人，一个真正的先行者。"

李小龙从影生涯仅两年，主演了四部功夫电影：《唐山大兄》《精武门》《猛龙过江》《龙争虎斗》。另一部《死亡游戏》只拍摄了15 至 20 分钟的胶片。

拍《精武门》时，李小龙喜欢"我打，啊打"的怪叫，制片人觉得太搞笑，说"像个猴子"。

李小龙坚持要这样配音，所有创作人员都不看好，觉得这会毁掉整部电影。

但谁都没想到，电影一放映，他招牌式的怪叫，让观众热血沸腾。无数人为之疯狂，纷纷模仿。

在所有人都墨守成规时，李小龙却敢于打破规则，大胆创新，活出自我。

李小龙是美国银幕上第一个非白人英雄，他重塑了外国人对中国人的印象。

20世纪六七十年代的美国电影，要么将华人塑造成暴徒，要么是可怜的、滑稽的小人物。

而在李小龙的电影里，第一次出现了打洋人、打日本人的场景。在《死亡游戏》中，甚至痛打美国式巨人、篮球运动员贾巴尔。

美国雅虎新闻网报道称：在电影中，李小龙扮演的是有同情心的战士，为正义而战，他的成功改变了美国人对华人的看法，华人得以更好地融入美国社会。

美国导演昆汀·塔伦蒂诺说："他打碎了美国人对中国人的固有观念，也改变了美国人对华人的看法。"

李小龙向西方人证明，华人也可以成为世界偶像，有亚洲人的形体美学。

著名导演吴宇森说："李小龙的一生，充满了中国精神。"

六

你以为最强的武术是打败所有对手？

最强的武术不是杀人技，而是修为。

有一次，有人问拳王泰森："如果在拳击场上，你觉得你打得过李小龙吗？"

泰森说："李小龙就是一个'杀手'，如果无规则的比赛，谁能打得过一个杀手呢？而他真正的高明却是修为，武功再高，也会消失，而修为却影响后世。"

据李小龙的女儿李香凝证实，李小龙虽然武功高强，却从未参加过正式的武术擂台赛，只有一些私下的切磋。

"在我父亲眼里，功夫并不是用来争一个竞技场上的输赢，那是极其浅薄的。功夫应该是提升人类潜能的一种修行。"

美国柔道之父吉恩·勒贝尔曾跟李小龙私下切磋，他回忆说："跟李小龙切磋，切磋的不是功夫，而是功夫境界。"

1971年，一位日本武术大师向李小龙请教："请你教会我真正的截拳道。"

李小龙问："你是愿意做高山上挺拔的青松，还是愿意做池塘边纤细的芦苇？"

武师说："当然是青松了。"

李小龙说："青松虽然挺拔，大雪照样可以把它压垮。芦苇看似弱不禁风，但它依然可以在风雪中屹立不倒。真正的力量从来不是形式上的强大，而是内在的韧性。"

功夫不是杀人技，更不是用来斗殴的。真正的功夫高手，是高在修为上，没有修为，你有再高的功夫，也只是一台杀人机器。

武术大师听完后，感叹道："我原以为你只是中国的一介武夫，没想到你竟有如此境界。"

七

1973 年 7 月 20 日，33 岁的李小龙在拍摄《死亡游戏》期间意外猝死，他的离世至今还是留给这个世界的谜。

巨星陨落！

师父叶问当年的预言，一语成谶。噩耗传出，数万人为他送行。

李小龙的妻子琳达在葬礼上哭着对嘉宾说："小龙一直认为自己有很长的路要走，还有更多的事要做。对于中国人来说，他要向世界所展示的也才刚刚开始而已。他为自己是一名中国人感到自豪。"

李小龙逝世 30 年后，他被美国 *TIME* 杂志评为 "20 世纪的英雄与偶像"。国际权威杂志《黑带》更是把李小龙列为世界七大武术名家之一。

李小龙的墓碑上面写着：以无法为有法，以无限为有限。

这便是他一生的功夫哲学。

有些人质疑中国功夫到底能不能打，其实功夫从来都不是街头斗殴，也不是跳梁小丑打野架，更不是江湖神棍骗财的工具。

李小龙说："对我来说，武术的终极含义就是真实地表达自己。"

人间所有的事其实都是功夫，都是对自身潜力、对未来不停地探索和追寻，只为找到那个更好的自己。

王世襄

人生有多种滋味，
用好玩打败时间

马未都是当代"玩家"中的大佬，玩得通透，玩得洒脱，玩得智慧，玩得牛气。可提到他一生最敬佩的人，马爷想都不想，直接回答："王世襄！"

一

京城盛产牛气的爷，1914年，王世襄出生。

父亲王继曾是北洋政府国务院秘书长，母亲金章是著名花鸟画家，大舅金北楼是画坛领袖，二舅金东溪、四舅金西厓都是竹刻大师，祖父王仁东是工部尚书，伯祖王仁堪是光绪三年的状元。

他们家是文星辈出。名门之后的王世襄，早早就被家人摁进私塾，但他平生不爱学习，只图一个"玩"字。

自幼年起，王世襄就爱养鸽子，一养就是一生。少年时，他常手持长杆在房顶上跑，训练鸽子的反应能力。母亲仰头一看，吓得脸都白了。王世襄养出来的鸽子，京城一绝，杆子指哪飞哪，听话无比。

王世襄少年爱斗蟋蟀。蟋蟀喜阴，越是藏在阴湿之地的蟋蟀越凶悍。12岁那年，王世襄看不上买的蟋蟀，他胆量惊人，深夜，一人挑灯去乱坟岗子抓蟋蟀，听着声一抓一个准。在京城，王世襄的蟋蟀头形高而圆、腿大、触须直，把京城公子哥的名贵蟋蟀杀得七零八落。

少年时，王世襄爱玩鹰，玩鹰是顶级玩家标配。鹰习性凶猛，要玩鹰就要先熬鹰，比谁不睡觉。王世襄熬鹰，六七夜不打盹，最后鹰服了。

读完几年私塾，父亲送王世襄到北京的美国侨民学校念书。王世襄看不惯同学一个个文弱，带着大家一起练摔跤。有个美国同学练拳击出身，壮实如牛，要和他比试。三个回合，美国同学被王世襄撂倒，摔断手臂。

有次上街，王世襄看人骑一辆摩托车，那年月，骑摩托相当于今天开私人飞机，同学都去围观。王世襄瞟了一眼，非常不屑，这算玩什么啊，怎么也得骑一白马。

在王世襄眼里，炫富跟玩完全是两码事，骑摩托的不叫公子，骑白马的才是真公子，这才叫公子的"范儿"。

那学期，同学都在考试，王世襄穿着滚边短袍、骑着白马进山去了。拉弓射箭，追鹿逐兔。回来时，左手拎着猎物，右肘擎着猎鹰，少年意气风发，潇洒至极。

哲学家说："如果生活变成了只是怎么活下来的话，那就是无聊。"但在少年王世襄那里，好玩的事那么多，根本顾不上无聊。

二

高中读完后，王世襄转至国文系考入燕京大学研究院，学中国古代绘画。

恰同学少年，风华正茂。王世襄的野性和大学同学格格不入，他觉得那些人太无趣，于是独自纵情山水。

这样的时光，过起来就像是指尖流沙，如白驹过隙，瞬间流逝。

每一个男孩都有突然长大的一天，长大了，就懂得了伤心，也懂得了爱和被爱。

25岁那年，王世襄的母亲去世，一夜之间，他好像也长大了。

墨点无多泪点多，山河仍是旧山河。

硕士毕业后，北京沦陷。山河破碎风飘絮，身世浮沉雨打萍。王世襄走到街上，看着流亡的人，再看看自己，几个转身就把白天磨成了黑夜。

1941 年冬，王世襄南下求职，与梁思成在重庆相遇，彼此一见如故。君子之交，就是这样，其淡如水，却至真至纯。平常时，相见亦无事，但到落难，千里有深情。梁思成大他十几岁，论世交是平辈，论学术是他的启蒙老师。

1945 年日军投降后，在梁思成的极力推荐下，王世襄担任国民政府教育部"清理战时文物损失委员会平津区助理代表"。

三

凭着多年的"玩"，王世襄北上追还被敌伪劫夺的文物，一年多，共追回七批文物、古籍，从东京运回被日本掠夺的 106 箱古籍。

1947 年，王世襄任故宫博物院古物馆科长及编纂。当年的故宫还没有所谓的研究员，都是民国大玩家们聚在一起"玩"，谈笑有鸿儒，边玩边做学术。后来他因为各种情况被开除公职，成了无业游民。

王世襄有一挚友劝他："你别再玩了，我给你介绍个稳定的工作吧。"

王世襄却说："一个人如果连玩都玩不好，还可能把工作干好吗？"

人生没有所谓的无路可走，更多的却是山水有情。丢失稳定的工作也不是什么可怕的事，人生最可怕的事，是失去了对生活的热情和未来的信心。人真正的成熟，是经历了世态炎凉之后，知道了生活真相之后依然热爱生活。

对于王世襄来说，他的人生看似山重水复疑无路，却是柳暗花明又一村。

在世人看来，失业的王世襄像一个晚清的遗老遗少，消耗自己的生命，挥霍着自己的光阴。可王世襄对别人的评价也毫不在意，在他眼中，全世界就无一物不好玩，万物皆好玩。能够玩出这种境界，再也找不到第二个人。

王世襄一生养鸽子，与众不同的是，别人玩的是新奇，他玩的是学问。为养一只鸽子，王世襄直接把养鸽的专家请到家里，同吃同住，天天待在一起。最后竟把学到的经验，编成了一本《明代鸽经清宫鸽谱》，成为养鸽者的必读之书。

王世襄玩蟋蟀也有所不同，别人玩的是赌博，是酒色财气，他玩的是真趣。为养好蟋蟀，他从全国各地图书馆和藏书家找来三十多种蟋蟀谱，选出了十七种交付影印。逐段断句、改讹、勘误，还编成了堪称蟋蟀谱的百科全书——《蟋蟀谱集成》。

王世襄玩葫芦依旧不同，别人玩的是炫耀和显摆，他玩的却是等待。春天，他自己种下葫芦，然后就像冬天在等一场雪一样，他等一棵小苗长成葫芦满枝。最后还写了《读匏器》，在《故宫博物院刊》发表，这项濒临灭绝的传统技艺才得以传承。

王世襄的玩，不是玩世不恭，而是真的在做学问。世间万物，只要到了王世襄手里，皆有情有义，皆栩栩如生，皆生机盎然。他读懂了物，物也读懂了他。

当年北京各大饭店的名厨师，每天早上到朝阳菜市场买菜，开门之前在大门口打太极拳。王世襄混在里头，偷师学艺。他从未拜师，却厨艺精湛，素菜荤做，荤菜素做。用做白菜的方法做鱼，用炒青菜的方法做肉，得心应手。

他还发明了一道独家菜——焖葱。一次老友聚餐，要求每位现场烹制一菜，有鱼翅、海参、大虾、鲜贝，王世襄都不选，只焖了一捆葱，一端上来就被大家一抢而光。

很难想象，一捆葱他竟然能做成佳肴！

多年之后，王世襄去世，每当马未都想起他时，就对这道焖葱念念不忘，称："王爷的焖葱，真是一绝。"

清华大学教授尚刚说："在当代玩家中，王世襄是最通制作、最知材料、最善游艺的一位。"

大收藏家张伯驹也曾感叹："王世襄是个天才。"

四

王世襄玩东西物我相忘，物在我在，物亡我亡。他是真正的玩家，为一物，可以奔波，可以颠沛流离，也可以舍命。

1976 年唐山地震，王世襄院子里的东厢房掉下一块屋脊，邻居都在院子里搭床过夜，王世襄舍不得自己的收藏，在紫檀大柜里铺毯子，人钻进去，腿都伸不直。防震期间，他都睡在柜子里，人送外号"柜人"。

为找玩物，王世襄晃荡"四九城"，常年一辆自行车，一日骑行上百里。从永定门骑到德胜门，穿梭大街小巷。看到一对明朝机凳，人家要价 20 元，他回家拿钱，回来时东西竟然被人买走了。他懊悔不已，后来在东四挂货铺看见了，店铺要价 40 元，等他拿完钱回去，机凳又被人买走了。

一件物，他看见两次，又"丢"了两次，追悔不已。最后，他辗转满北京城找人，跑了 30 多次，最终花了高于原价 400 块钱才买到，这下才觉得踏实了。

只为一个初见，爱物如此，也算奇人了。

有一年大年三十，他听说一个好物件，心生澎湃，家中在吃年夜饭，他却踏雪而去，直到第二天清早抱着东西回来，这个年他才算过踏实了。爱物如此，恐怕世间再没有几个人了吧。

到了 20 世纪 80 年代，王世襄住在北京东城芳嘉园的一个四合院里，他偏爱明式家具，近百件明式家具挤放在房子里，越堆越多，最后只剩下一条过道。

五

大文学家张岱说："人无癖不可与交，以其无深情也。"

王世襄对玩物有多执着，就说明他有多深情。王世襄本来一生就图个玩，不承想自己到了70岁时，却被人封了个"中国第一玩家"的称号。

哲学家张中行说："王世襄所治之学是绝学，奇得稀有，高不可攀。"

画家黄苗子评价王世襄是"玩物成家"，书画家启功则评价他"研物立志"。

但世间玩家千千万，唯有王世襄玩得令人钦佩。

真正的玩家玩的不是钱，也不是物，而是情。他对物深情，对人更深情。

王世襄的夫人袁荃猷喜爱书画，擅长古琴，精于描花剪纸。王世襄关于家具、漆器、竹刻、葫芦器等著作的线图素描，都由她亲手完成。夫妻二人，白首偕老，情深义重。

王世襄夫妻二人一生多童趣，有次夫人嘱咐王世襄去钟鼓楼给她买一套内衣回来。王世襄路过小古玩店，见一尊藏传米拉日巴佛像，心生喜欢，就用买内衣的钱买回了这尊佛像。

夫人并不埋怨他，笑着包容这个一生都像男孩的人。爱人之间总是这样，情不知所起，一往而深，生活中相互理解扶持，精神上心有灵犀。

盛世古董，乱世黄金。人到晚年，王世襄不曾想到，自己一生的收藏都变成了天价。这些物件，随便拿一个都值上千万。可那又怎样，对于王世襄来说，万贯家产也不敌一个情深义重。

有人问王世襄家里的所有物件，最舍不得哪个。大家以为他要说哪个黄花梨家具，哪个乾隆瓷瓶，谁曾想，晚年时，他却流着泪说是夫人买菜时的一只小筐。

2003 年，夫人去世，王世襄立下遗嘱：将来自己辞世之后，请人把这个提筐放在两个墓穴之间，能与妻子"生死永相匹"。

世间所有的美好都不如一场深情。王世襄对夫人深情，对朋友也深情。

马未都 30 来岁的时候认识了 70 多岁的王世襄。两人本是以祖孙辈论，但王世襄把马未都当莫逆之交，知无不言，谈得投机，还不让他走，留到半夜，还给他炒几个菜吃。

一个人能跟平辈的人玩不算什么，真的玩家，年轻的时候能跟年长者玩，胡吃海喝，谈天说地；年老了呢，又能跟小朋友玩在一起，推杯换盏。这才叫真正的玩家。

马未都说："王世襄是一个对生活非常豁达的人，贵族身份没落，不断遭遇打击，但无论人生多么低谷，他一直都坚持一口气，坚持到他最后功成名就为止，这一点我佩服得五体投地，并深深地影响了我的人生。"

六

晚年的王世襄，左眼失明，从此不再外出。

他将精心收藏的古琴、铜炉、佛像、家具、竹木雕刻、匏器等文物精品，大部分交予国家，或以不到十分之一的低价象征性地转让给博物馆收藏，或通过拍卖寻找新主人。

拍前卖后，老爷子绝口不提价钱。很久之后，有个后生给王爷念了念当时拍卖的价钱。王世襄并不在意，说："人生价值不在据有事物，而在观察赏析，有所发现，使之上升成为知识，有助文化研究与发展。"

也曾有人问王世襄："散尽一生心血难道真的舍得？"他回答说："万物从哪来到哪去，是最好的归宿。凡是生命以外的东西，皆为人生长物，生不带来，死不带去，有幸陪我走一遭，已是人生之幸。"

起家犹如针挑土，散尽犹如水推沙。王世襄玩了一辈子，积累了无数财富。散去的时候，却云淡风轻，潇洒至极。

尼采说："每一个不曾起舞的日子，都是对生命的辜负。"

王世襄一生中的每一天，几乎都在起舞，活到 95 岁，玩了整整一生，起舞了整整一生。这种玩当然不是纵情声色，是会享受生活，懂得生活。

我们一生中，能够用最认真的态度对待自己的兴趣就是玩。这个玩说大就大，说小就小，你有什么样的心态，就有什么样的境界。

真正的玩从不在于你有多少财富，去过多少声色犬马的场合，喝多贵的酒，开多贵的车，而在于一生都有孩童的心态，认真对待你生活里每一次的遇见和别离。

生命如恒河之沙，玩不只是消遣，更是一种修行，人生不为无益之事，何以遣有涯之生。人生本应如此，以自由之心做无用之事，在世俗生活中，活出人生真趣，活出一花一世界的开阔。

将玩的精神用自己的方式坚持对待，形成自己的人生哲理，滋养并支撑着自己的生命。到最后，回首发现，处处充满着精彩。

朱新建

人生苦短，
用真性情对抗假正经

有人说："人生不是仪仗队，不需要走出相同的步伐。"

王朔女儿王咪出嫁，老炮冯小刚、赵宝刚、陈丹青、刘震云都去了，就王朔没去。

陈丹青说："王朔是没勇气站在这儿。"

那天，王朔的亲家朱新建坐在轮椅上，他在轮椅上向来宾挥手，像检阅部队的将军。

不识朱新建的人都会疑问：谁家的儿子敢娶王朔的女儿?

而了解朱新建的人，一定会说，也只有朱新建这样的亲家才能搞定王朔，这婚事叫"门当户对"。

一

南京秦淮河畔每隔 300 年，就会孕育出一个精怪，300 多年前遇到了曹雪芹，我们这个时代就遇上了朱新建。

1953 年，朱新建出生于南京的一个干部家庭，从小爱画画，画什么都不像。

老师看不上他，就让他画反派人物，因为他可以画得更丑。全班 73 个同学，72 个画正面人物，只有朱新建一个人画反派人物。

烟柳金陵多遗老。幼年，朱新建跟着画家林散之、高二适穿街过巷，囫囵个看张大千、齐白石真迹。

回到家就凭着记忆依葫芦画瓢。

从画画开始，朱新建开始正式饕餮人生。

20 世纪 80 年代，朱新建于南京艺术学院毕业，留校任教。

一年之后，顿觉讲坛生活平淡无奇，提个破行李袋，手揣裤袋走了，从此去北京画画。

这期间，写《三王》的作家阿城如日中天，火得一塌糊涂，阿城家号称"北京会馆"，用挂面接待了南来北往的狐朋狗友。

朱新建常去阿城家过夜，两人交谈甚欢，彻夜不眠。

那段时间，阿城写小说，初稿拿给朱新建看。朱新建草草翻完，拿笔划掉三分之一。阿城再读，顿觉有新味。

初到北京，朱新建与别人同租一室。他爱深夜画画，为了不打扰同屋睡觉，常跑到厕所秉烛画画。且画画神速，画好的画儿堆在床底。

某日，要送阿城一张。阿城挑来挑去，因为太喜欢，竟不知该挑哪张为好。

阿城作品出版大赚，那个冬天，阿城常背着一个黄书包出门，朱新建不解，阿城竟然背了满满一书包的钱，在街上碰见朱新建，阿城随手拿了两摞给他。

朱新建爱喝可乐，拿了钱就买了很多可乐。

朱新建画画主攻裸女，如痴如魔，喜吃花生，便扛三麻袋，堆在屋里。

然后将自己锁在房中，一周不出门。临《魏碑选》、八大、齐白石字帖画册。一周过后，竟画了一堆裸女图。

二

当年，全国画家都画花鸟鱼虫，而朱新建喜画裸女，被称为大逆不道。

20世纪80年代艺术青年长发飘飘，喜欢聚在一起谈艺术。

那些年，《金瓶梅》还是违禁品，一本书抵一辆凤凰牌自行车。

当年，有个定律，画《金瓶梅》是禁区，然后朱新建开始画。

画了一大套插图，还拿着几幅参加美术展，立即引来一通狂轰滥炸。一家报纸送了他三个词：

下流至极，肮脏至极，龌龊至极！

德国慕尼黑国际电影节，用了他一张裸画做海报。有些人提出反对，上街游行抗议。

骂得越多，朱新建越不管不顾，意志坚定，作风率性，回一句：

"猪八戒讲起来是男人吧，吴承恩把猪八戒写成那样，有男人组织游行吗？"

当外界不理解他的生活时，他不需要跟全世界解释，能跟自己解释得过去就行了。自己的追求，自己坚持就行了。

一个拼命想跟世界解释自己的人，是真心不好玩，内心也不够宽达。朱新建是压抑年代里，第一个敢将人性撕裂给大家看的先行者。

当全世界都在那儿硬撑着装高尚，朱新建却很坦诚。

如今看来朱新建也没干啥，无非是牛气的人画了牛气的画，然后不牛气的人把他骂了一顿。

三

1993 年，朱新建去香港。

一个很阔绰的香港老太太请朱新建吃大餐。一坐下，朱新建就大快朵颐。而坐在对面的老太太却不动筷子，安安静静。

朱新建纳闷："你为何不吃？"

老太太回："我的菜还没来。"

过一会儿，老太太的保姆坐大奔来了，端上一小碗绿色的、跟糨糊一样的东西，说是私人营养师专门调的。

一顿饭吃完，朱新建逢人便说："那东西虽然卫生、营养什么都不缺，可吃饭的快乐却没了。饭吃了，人没爽。"

20世纪80年代，可口可乐引进中国，从喝第一口开始，朱新建便欲罢不能。最高纪录一天喝20瓶可乐，最疯狂时，一面墙堆的全是可乐。从那时开始，朱新建一生便不再喝水，只喝可乐。

有趣的人生，应该容忍一些颓废，容忍一些不健康的快乐。人即使赚了全世界，却连快乐都没了，那活着多惨。

我们来到人间，与别人欢聚一场，不是为了活成他人眼中的标配，而是为了追欢逐乐。

朱新建是真率性。

朱新建一生爱美人，爱到极致，就糊里糊涂画了一生美女。

北京画家们聚在一起撸串，隔壁桌上出现一美女，朱新建整个人精神得跟小伙子一样。

后来生病，行动不便，学生们扶他过马路，看见对面来一美女，他立刻生龙活虎，推开学生飞奔几步。

书法家于明诠说："朱新建的画，最表面一层是情色和媚俗，往下揭一层是潇洒和率真，再往下揭是颓废和无奈。一层层往下揭，揭到最后便只剩下'悲凉'二字"。

朱新建还爱吃，走到哪儿都是饕餮人生。有一次，他跟朋友进了一个大饭店吃喝，走进包厢，看刚走的客人一桌子菜几乎没动，直接对服务员说："我们不点了，就吃这一桌。"

说完，坐下就吃。谁都想不到大名鼎鼎的画家，竟是如此肆意妄为，坦荡率性。

朱新建对钱财毫无概念，多了多花，少了少花。画一卖完，一头钻进五洲大酒店，将钱迅速花完。钱花完了，再租个居民楼画画，照样快活得像个神仙。

许多人也许认为，守着财产便是守着安稳，而对于朱新建来说，钱从来不是生活的第一位，钱像焰火，被钱奴役，是愚蠢；花钱买乐，天经地义。

2003 年，王朔写《我的千岁寒》，有段时间，就看小区外修自行车的人终日敲敲打打有点烦，来了句："我给你三万块，你能不能别在我眼前晃。"那时候，王朔手里一共就三万块，只为一句"有点烦"，便倾家荡产。

朱新建更是花钱不讲道理，全凭感觉。

20 世纪 90 年代初，一觉睡醒，突然想起成都一个朋友。出门打车就去机场买机票，下飞机打车就走。喝一通酒，酒足饭饱，转身便回。

在当代，如此率性、洒脱，颇像魏晋名士徽之雪夜访友，兴尽而返。

朱新建是真性情，人生本身就是一门艺术，不计结果，放浪形骸，活出率性，不求奢华，唯重生命体验。认识朱新建的人都说，朱新建是这个时代唯一活得像古代高士的人，没被任何现代文明所束缚，没被任何规则所牵制。

他那样的人，像活在了古代，重情重义，志向高洁，放浪形骸。生生把别人眼中的枯燥生活，活成了火焰。

四

朱新建从人性出发，活出本我，并尽情释放胸中之块垒。

朱新建一开口，就是用常人看不透的我行我素对抗这个世界的乏味不堪。

有一次，一个蒙古族艺术家说成吉思汗的丰功伟绩，说得全桌子都是唾沫星子。朱新建回一句："成吉思汗是放大一万倍的古惑仔。所到之处，抢地盘，搞女人。"

那位艺术家当场哑了，因为这个比喻实在太形象。

无趣的人常把有趣挂在嘴上，而朱新建的有趣是在骨子里，不做作，不扭捏，尽是人性使然，本色出演。

生活不是活给别人看的，活给自己看的才叫生活。

朱新建从不按照套路出牌，真正做到了心中无挂碍，全然不在意别人的评价。把人性撕碎了，给大家看最鲜活的一面。

他以自己的真实对抗全世界人的伪装，他用坦率和性情，对抗着这个世界的假正经。

朱新建才是真的活透了，活明白了。既然大家都在假正经，那么不如少一些束缚，何不再舒服一点、真实一点、率性一点。

为何不用你喜欢的方式度过一生。

五

2007 年年底，朱新建中风大病一场。后来病情加重，一病不起，几近瘫痪。即使在病床上，朱新建照样将生命活得像一团焰火，随时准备熄灭，却又灿烂至极。

手术之后，医生不让进食，只能通过胃管喂食，查房的时候护士很纳闷：奇怪！病人打了十几天吊针，怎么嘴里有东西在嚼，快取出来。结果护士夹出来一看，是两片香肠。医生哭笑不得，原来朱新建趁大家不注意，偷吃了护士盒饭里的香肠。

对他来说，用胃管进食实在是一件违背人性且寡淡至极的事，不如偷吃香肠，来得爽快。

朱新建就是这种人，死亡对他而言，从不是什么可怕的事，真正可怕的是，人还活着，但是快活没了。

真正活明白的人、活透彻的人，从来都不惧怕死亡。

人固有一死，或迟或早，对朱新建来说，死亡无非是提前一站下车罢了。但是下车之前，我还要快哉人生。

陈丹青去看朱新建，朱新建正躺着。陈丹青还没进门，就听朱新建说："快快快，你来得正好，赶紧给我点根烟。"当时的朱新建双臂已不能伸展，陈丹青掏出烟，自己点着，夹着送到朱新建的嘴里。朱新建一阵猛吸，边抽边乐，快活得像个神仙。

陈丹青也纳闷，重病之人，抽根烟还能快活如此，真是性格使然。

朱新建的人生哲学：既然生命无常，那我就要在刹那的现有的生活里，追求生命的最大丰富和充实。

张铁林拎着果篮，来看朱新建。整个医院都炸了，小护士们很兴奋，喊着："皇上来啦，皇上来啦！"张铁林走到朱新建的病床前，朱新建正闭着眼睛，戴着耳机乐呵呵地听京剧，听到高兴处，还哼出几声来。

张铁林指着朱新建，对护士们说："瞧，这才是皇上。"

2007 年，刚中风时，朱新建右手偏瘫，不能握笔。从此，朱新建刻苦练习左手画画。

那天起，连画上签名也是越来越快活，签名不再是朱新建，而是这样的：疯大嫂、小大嫂、小丫头、骚丫头。

朱新建真是个精怪，三年之后，朱新建用左手画出来的画已达到炉火纯青的程度，出了一本由左手画出来的画册。有一次，女画家靳卫红去看他，说："你这画是拼了命画出来的。"

朱新建听了，左手一颤，笔掉在地上，突然呜呜地哭起来，像个孩子。

在世人眼里，大家只看到朱新建的我行我素，任性恣睢，却不曾看到这一生他内心的隐忍。

越洒脱的人，有时候付出的代价也越多，人最难的不是选择什么样的人生，而是选择了什么样的人生，就承担这一生的代价。

这若无其事的隐忍，对朱新建而言，犹如负重之人，走在玻璃碴上。

六

2014 年，61 岁的朱新建病逝。逝世前，他躺在抢救车里，已全身瘫痪，他的学生帮他接尿，每接一次，他都要睁开眼睛，艰难地说一声："谢谢。"

直到快要去世，朱新建都不想打扰别人。一生快活如孩童，玩世不恭、桀骜不驯，又内敛节制。

在自己的生活里，纵然释放自己的天性，用自己最喜欢的方式过完一生，却从未给他人带来麻烦，也从未给他人带来不堪。

他的快活并不曾驾驭在他人的为难之上，也不曾伤害过任何人。朱新建去世后，亲家公王朔写文章怀念，其中两句，令人泪目：你先走了，只剩下我无耻地活着。希望你来世托生个好人家，逍遥一辈子。天堂，不去也罢。

朱新建全身上下都像一个活在当代的古代人。洒脱、通透、脱俗之美。不求长寿，只求快活一生。不求现实浮华，只求活出旷达。活出一身风骨，宁可在泥里打滚，也不愿在戏台上演戏。

率性一生，真实一生。

人生从来不是仪仗队，不需要走出相同的步伐。出走时坦坦荡荡，归来时从从容容。

叶嘉莹

人生多处都在绝境，
绝境重生则是境界

人的生命有三个层次。

第一个层次：解决温饱，让家人感到温暖。

第二个层次：做能做的事，让自己的人生有意思。

第三个层次：做有价值的事，让生命变得有意义。

叶嘉莹先生活到了第三个层次。

一

叶嘉莹是谁？大多数人都会觉得陌生。而当你了解了她的人生，你一定会肃然起敬。

叶嘉莹 1924 年出生在北京的书香门第，父亲在航空公司就职，母亲是一名老师。

叶家藏书丰富，叶嘉莹幼年便读完了《论语》。9 岁时，伯父叶廷乂教她念下人生第一首诗。叶嘉莹自己也未曾想到，这随口吟出的小诗，日后会影响她的一生。

1941 年，叶嘉莹 17 岁，已经长成亭亭玉立的样子。一个人的气质里，藏着她读过的书。诗书让叶嘉莹的气质里多了淡定、从容。

也是这一年，叶嘉莹考入辅仁国文系。大二时，叶嘉莹遇见了恩师顾随。

顾随是著名的诗人和书法家，早年报考北大，校长蔡元培阅卷时发现他中国文学水平卓异，特意劝导他改报西洋文学，以求开阔空间，贯通中西。

顾随毕业后在辅仁大学教书，桃李满天下，除了叶嘉莹，红学泰斗周汝昌也是他的学生。

叶嘉莹追随顾随学诗词，常常是"心追手随，一字不漏地记下先生所讲"，四年下来，她记下八大本笔记。

后来，叶嘉莹迁居台湾，漂泊海外，辗转几十年，这些笔记一直随身携带，从未丢弃。她说："顾随先生的笔记，是我一生保留下来的最宝贵的东西。"

二

1937 年，北平沦陷后。

叶嘉莹父亲因为公职随政府转移，家中只剩下孤儿寡母。母亲因为终日忧伤得了肿瘤，舅舅带着母亲去天津动手术，没想到手术失败，伤口感染，得了败血症。

重病中的母亲执意要回去看孩子一眼，被抬上了天津返回北平的火车。而遗憾的是，她终了也没能再见到孩子，在火车上，永远闭上了眼睛。

作为家中长女的叶嘉莹，再次见到母亲时，已哭成泪人。那年，她 17 岁，少年丧母，如风中纸屑。

母亲入殓那天，钉子钉在棺木上的声音，叶嘉莹记了一辈子。作为家中长女，她既要读书又要照顾两个弟弟。沦陷区的北平，到了冬天，风扫大雪，人哭成海，日本军从她家后门的街道上呼呼而去，月光下的街道像撒了一层盐。

叶嘉莹到了深夜便会想起母亲，难过流泪时，只有用写诗来抒发内心的痛苦：

> 窗前雨滴梧桐碎，
>
> 独对寒灯哭母时。
>
> ——《哭母诗八首》

17 岁，叶嘉莹便尝到了人生的悲苦。

三

大学毕业后，叶嘉莹在北平一所中学教书。因为贫穷，到了冬天就只穿一件厚厚的棉衣，棉衣破了一个窟窿，棉花露在外面，叶嘉莹整个冬天就穿着这件棉衣去上课。

到了 1948 年，一个叫赵钟荪的年轻国民党海军走进她的人生。对于默默忍受生活苦痛的叶嘉莹来说，赵钟荪便是她生活的庇护，1948 年，两人结为夫妻，但也为她日后的人生增添了许多的苦痛。

而此时中国正在历史深处拐弯，叶嘉莹跟随丈夫去了台湾。

到了第二年，台湾当局实行高压政策，丈夫赵钟荪被抓。被抓时，大女儿刚刚出生四个月。丈夫一走就是三年，音讯全无。叶嘉莹带着女儿到高雄亲戚家避难，亲戚家人多，她和女儿就在走廊上打地铺睡觉。因为自尊心强，叶嘉莹怕被别人嘲笑如此境遇，天不亮就起床，小心翼翼地把席子收好。

后来，她带着吃奶的女儿逃难到了台南，靠教书维持生计。

白天，她带着女儿教书。一间大教室里，女儿坐在最后一排。课上到一半，女儿就会突然喊："妈妈，我要尿尿。"

晚上，她牵挂丈夫，也不知丈夫是死是活，只能深夜落泪。有一回，起台风，宿舍失火。叶嘉莹抱着女儿，躲在床下。那一年，她 27 岁，生活已是饱经患难，给她的只有无可奈何，就像她诗中所说：

剩抚怀中女，深宵忍泪吞。

四

三年后，丈夫终于被无罪释放。叶嘉莹以为自己苦等的是希望，结果等待她的却是更大的失望。

三年的牢狱生活，已经摧毁了赵钟荪，他性情变得乖张、暴躁。

1953 年，叶嘉莹生下二女儿。

叶嘉莹总梦到自己不断往水底下沉，她压抑到无法呼吸。

最后还是诗词拯救了叶嘉莹。

晚上，叶嘉莹翻书，看到王安石的一首诗："众生造众恶，亦有一机抽。"

这句诗对叶嘉莹来说，犹如当头棒喝。万物都有自己的恶，就像瓦虽然砸到你了，但你不要怪它，它自己也碎了，它不是自己想掉下来的。那么不如选择原谅，然后过好自己的人生。

从此，叶嘉莹醉心研究诗词，而丈夫的无理取闹，则变得无足轻重了。

后来有人问叶嘉莹："您从未体会过爱情的滋味吗？"叶嘉莹摇头回答说："从没有过。"她的女儿赵言慧却说："我母亲一辈子都在和古诗词谈恋爱。"

五

命运虽然给了叶嘉莹足够多的无可奈何，但也同样给了她更多人生悲怆之后的诗歌色彩。前者蹂躏她的生活，后者给了她更多的通悟。

因为专心研究诗词，叶嘉莹越讲越出名，最后台湾大学、辅仁大学、淡江大学同时邀请她去讲课。

在她的课上，叶嘉莹常穿一身干净的素色旗袍，带着学生在诗词世界里漫游徜徉，感受唐风宋韵。行过之处，也总是有情有义。

叶嘉莹讲诗词和别人不同，她的诗词是"唱"出来的。在她一声声的吟唱中，杜甫是个"站在笼中展翅起舞"的爱国诗人，陶渊明则是一朵飘在天空的兼具"真"与"妙"的云，苏东坡最大的"标签"不是豪放，而是豪放粗犷下藏着的幽咽怨断。

叶嘉莹讲课，从来不看课本，全凭学识和记忆。著名作家白先勇在台湾读书时，常跑去听叶嘉莹的课。只见叶先生站在讲台上，不喝水一讲就是三小时。杜甫的诗从她嘴里蹦出来，左一句，右一句，如随意从兜里掏出来一样。

直到今天，80多岁的白先勇还回忆90多岁的叶嘉莹："叶先生是老师中的老师，我是小了叶老师13岁的学生。"

作家席慕蓉也曾不止一次听过叶嘉莹的课，那时候席慕蓉读高中，叶嘉莹去哪讲课，席慕蓉便一路追到哪。席慕蓉常说："我坐在下面听老师讲课，觉得老师是一个发光体。"

"我都不敢说自己是叶先生的学生，我是叶先生的粉丝。她去哪讲课，我就追到哪。"

当时，听过叶嘉莹课程的有小说家陈映真、作家白先勇、大学者吴宏一、作家陈若曦、学者林玫仪等。连叶嘉莹自己都难以想象，当时在台湾，自己怎么会教了那么多的课。

六

1966 年，美国学界开始研究中国古典文学。

那年，台大举办毕业典礼，校长钱思亮决定把叶嘉莹交换到密歇根大学，教授古典文学。

有人说：生命不过是一粒微尘，比微尘还容易被风吹落到一个陌生地方的，叫作命运。

叶嘉莹带着全家人去了，到了美国，校长对她说："你必须用英文讲课。"

用英语讲述中国古典诗词，这实在太艰难了。为了教学，叶嘉莹半夜两点学英语，第二天，就用蹩脚的英语去给美国的学生讲诗词。

这样每天上课、开讲座、做研究，不知不觉又是十年。在这期间，两个女儿都已结婚，而自己也不知不觉到了 50 多岁，人生也走了一大半的路程。

1976 年，叶嘉莹从温哥华飞多伦多做讲座，她的大女儿生活在多伦多，小女儿生活在匹兹堡。飞机起飞的那一刻，她闭上眼睛，想着后半生终于可以安定下来，悠闲地走向暮年，闲下来的时候，可以飞多伦多看大女儿，也可以飞匹兹堡看小女儿。

可这时，命运又跳出来捉弄她。

那天，她刚下飞机，便接到小女儿的电话："大姐和姐夫在车祸中丧生。"

这犹如晴天霹雳，白发人送黑发人，一瞬间，命运将叶嘉莹彻底击垮。

处理完女儿和女婿的丧事后，她把自己关在家里，整整十天闭门不出，谁也不见。那段时间，她不止一次动过轻生的念头，甚至想过各种痛苦最少的轻生方式。

诗词又一次解救了她，这十天里，她含泪写下十首《哭女诗》。

痛哭吾儿躬自悼，一生劳瘁竟何为。
谁知百劫余生日，更哭明珠掌上珍。

万盼千期一旦空，殷勤抚养付飘风。
回首襁褓怀中日，二十七年一梦中。

今天，我们读叶嘉莹的诗，会觉得她的诗美，其实这些美，都是她用自己的忧愁和苦难编织出来的。

十天之后，叶嘉莹强撑着重新站上讲台，继续教外国学生们诗词。那段时间讲课，叶嘉莹都是左手拿课本，右手撑在讲台上。

她教学生杜甫的诗，当读到"人生不相见，动如参与商"一句时，她短暂地沉默了一会儿，突然小声啜泣起来。

人的一生，其实就是一场回归故土的长途跋涉。叶嘉莹的一生，一直漂泊在风中。从大陆到台湾，又从台湾漂泊海外。

这一生，命运待她从来不公——少年丧母；辗转避难，一肚子苦水；到了晚年，又痛失爱女。

1979 年，当她坐上返回祖国大陆的飞机时，已经 55 岁了。从 1948 年阔别故土，整整过去了 31 年。

岁月从来不曾饶恕过她，她也一样，从来不曾饶恕过岁月。命运不止一次捉弄她，可她也从来不曾对命运胆怯过。

七

1979 年年初，南开大学正式邀请叶嘉莹讲课。

那天，她坐火车到达天津时，天津火车站的站台上，几十位师生前来迎接。

叶嘉莹第一次讲课，教室里坐满了人，教室外的阶梯上，也坐满了慕名来听课的学生，窗户上趴着的都是人。

她站在讲台上开始讲，速度极快，滔滔滚滚。叶嘉莹念诗时仿照古法，把入声读成仄声，曲折婉转，有音乐之美。讲到动情处，一手虚握拳，逆时针向外缓缓旋动，似乎轻执书卷，又像在启人向学。

很多学生说，听叶嘉莹的课，就是一次纯粹的享受。在她的课堂，除了南开本校学生，还常坐满其他学校的旁听生。

大学老师徐晓莉当年是天津师范大学的学生，为了旁听叶嘉莹的课，一有空就往南开大学跑。

她回忆第一次听叶嘉莹讲课："叶先生往讲台上一站，从声音到手势、体态，都让人耳目一新。没有见过，美啊。"

听了叶嘉莹的几堂课，徐晓莉爱上了古典诗词，后来她说："我的人生就这样开始改变了。"

除了在南开上课，叶嘉莹还去北京师范大学、首都师范大学、天津师范大学、复旦大学、华东师范大学、南京大学、四川大学、兰州大学、云南大学、黑龙江大学、新疆大学等四处讲学。

也是从那时起，叶嘉莹开始像候鸟般"迁徙"讲学，一年中，她一半时间在中国教书、开讲座，另一半时间在加拿大做研究。后半生，叶嘉莹自己都不知道坐过多少次飞机，讲过多少堂课，教过多少名学生。

80多岁高龄，本该在家含饴弄孙，而叶嘉莹却只身一人，八方皆讲堂。只要她站上讲台，总是精神奕奕。

有学生在南开听过叶嘉莹讲课："叶老师穿一身紫色开襟长衫站上讲台，婉拒了学生递来的椅子。92岁的老人，讲起诗词来，全程没有任何停顿，没喝一口水，没弓一秒背。一口气讲了长达90分钟的两堂课。"

大学时，我也有幸听过叶先生的公开课，老人神采飞扬，吐字清晰有力，语调昂扬铿锵。当她旁若无人，完全沉入诗境里，那一刻，我甚至分不清她是现代人还是古人，也觉得这位先生从未老过。

教书73年，叶嘉莹每天凌晨2点半上床睡觉，6点半准时起床看书。很多人看叶嘉莹，都很心疼，说叶先生应该歇一歇了，安度晚年。叶先生只说了一句："中国古典诗词，这么好的东西不讲，我上对不起古人，下对不起青年。"

八

2015年，叶嘉莹先生91岁，她终于飞不动了，决定定居南开大学。

有天晚上，她不小心摔了一跤，这一跤，摔断了锁骨，只好请了几天保姆，让她收拾房子，而做饭还是亲力亲为。

鲁豫有次去叶嘉莹的住处看望，一进门，就呆住了：卧室里堆满各种书籍，冰箱里只有一点儿绿叶蔬菜和几罐腐乳。她的午饭是清水煮几片菜叶，蒸几个馒头，一顿饭就过去了。

鲁豫感叹："我实在想象不到这是一个90多岁老人的生活状态，老实说，如果是我，我做不到。"

2018年，叶先生94岁。她拿出一生积蓄1857万元，在南开设立奖学金，建立研究所。她希望中国诗词传统能一直传承下去。

很多人说她一生没有什么故事，其实诗词就是她全部的故事。

余光中

死亡不是失去了生命，
只是走出了时间

2017 年 12 月，寒风凛冽的上海，打开手机：著名诗人余光中病逝，享年 89 岁。

一

几年前，在杭州的一次活动中，我见过余光中先生一次。

80 多岁的他，身形消瘦，发丝如雪，耳垂很大，双眼深邃。午后，阳光打在他身上，显得很干净。举手投足间，十分儒雅，又不失幽默。

那一次活动，本来应该和余光中先生合影的，想着合影的人太多，以后还会参加诗歌活动，总还会遇见，结果竟成遗憾。

我一个诗人朋友，曾经和余光中一起在台湾中山大学任教，给我讲了一段余光中的趣事。

中山大学就在高雄港边上，学校靠着山与海，操场边是成排的礁石，后山常有猴子，猴子常会调皮地闯进教室。

余光中年轻时喜欢看电影，特别是武侠片，总沉浸在侠客的豪气里。

有一次讲课，教室里突然闯进来一只猕猴，跳到学生的课桌上撒泼。男生们吓得手足无措，女生们吓得花容失色。

余光中一个箭步上前，伸出食指和中指，指着猕猴大吼："大胆泼猴，胆敢撒野，还不快快滚出去！"

那只猴子被吓了一跳，踉踉跄跄蹿了出去，大家哄堂大笑，都说余先生比猴子更像猴子。

结果到了第二天，那只猴子又来了，这一次，它乖乖蹲在教室后排，来"听"余光中讲课。

余光中倒是不再赶它，还把它当成特殊的"学生"。

一堂课下来，猴子整整"乖"了一堂课，余光中就奖励了它一把花生，拍了拍它的脑袋说："孺子可教也。"

学生们又是哄堂大笑。

2012 年的重阳节诗会，又恰逢余光中先生生日，余先生一行几人去了浙江绍兴的王羲之故里，到了鹅池。

大家提议拍照，余光中伸出手，做出一副鹅的样子，逗得大家纷纷效仿。

如今，在大家的回忆里，余光中先生还是儒雅又俏皮的样子。只是而今前尘如海，古屋不再。

月夜看灯才一梦，雨窗敧枕更何人？就像昨天出门，看见他还在来着，转眼就再无法相见了。

二

余光中 1928 年出生于南京，族人命名"光中"，光耀中华之意。余光中祖籍福建永春，因母亲原籍为江苏武进，所以他自称"江南人"。

余光中的前半生充满了坎坷，遇到两次战争。第一次是中日战争，炮声一响，母亲就带着 9 岁的余光中逃亡到南京。

一路上为了躲避日寇追捕，母子两人睡过草地，钻过狗洞，睡过佛寺大殿的香案下，也睡过废弃房子的阁楼上。

母亲安慰他："大难不死，必有后福。"而余先生却说："其实，大难不死即福，又何必说后福呢？"

山河破碎，颠沛流离，后又辗转重庆，巴山楚水凄凉地，二十三年弃置身。

而苦难不过是一场风掠过沙地，莫唱当年长恨歌，人间亦自有银河。

后来余先生又辗转台湾，走过一生，匆匆忙忙一归客，常寄愁心与明月。

在台湾的文人圈里，余光中是唯一不上牌桌的人。不抽烟，不喝酒。喜吃苦瓜，出门也是一杯清茶就够了，素简到了极致。

1972年1月21日，余光中在台北厦门街家里，这一年，是他别离大陆整整23年，23年不见故乡一茶一饭，也不见故乡一丝尘埃。

正如古诗所说："不知何处吹芦管，一夜征人尽望乡。"

余光中便是这样的征人，不知梦归何处，因为孤独，所以写诗，因为思念，所以情绪饱满。

余先生写《乡愁》，用了很短的时间，却用尽了几十年的情。40多年来，这首诗感动了亿万个炎黄子孙，也将继续感动下去。

乡愁，一直是中国人最质朴的情感。

是李白诗中的"此夜曲中闻折柳，何人不起故园情"。

也是杜甫诗中的"露从今夜白，月是故乡明"。

是袁凯诗中的"江水三千里，家书十五行。行行无别语，只道早还乡"。

故乡还在，人呢，却成了雪中的他乡之客，常把异乡当故乡。

1985 年，余先生 57 岁，到高雄市定居，任台湾中山大学文学院院长。他总是西装、领带，尽显儒雅之风。

而熟悉他的人，却懂余先生的幽默。他的女研究生毕业后，给余先生祝寿。他和学生们打趣："不要以为毕业离校，老师就没用了。写介绍信啦，做证婚人啦，为宝宝取名字啦，售后服务还多着呢！"

女学生们笑得前仰后翻。

三

1992 年，余光中 64 岁，在告别了 43 年后，再次踏上大陆的土地。

> 行行重行行，与君生别离。
>
> 相去万余里，各在天一涯。

余光中离开大陆时，还是那歌楼上听雨的少年，归来时却是"听雨客舟中，江阔云低，断雁叫西风""人生如梦，一樽还酹江月"。

余先生后来在演讲中说："掉头一去是风吹黑发，回首再来已雪满白头。浪子老了，唯山河不变。"

2001 年 4 月，余先生首次到山东，终于看到黄河。在诗中，他常常写黄河，在梦里也常梦见黄河。

但是在生命的 64 年里，他却从未见过黄河，也从未到过祖国的北方。

那天，余先生蹲下身去，摸了黄河水，还叫女儿也摸一摸。触摸的是水，也是故乡的滋味。

回到车上，同行的人都忙着刮去鞋底粘上的泥浆，但余先生不舍得，把鞋子上的泥土带回了台湾。

泥浆干成了黄土，余先生小心地存放在盒子里，摆放在书架上。这就是诗人，在别人看起来不重要的东西，他却看得比命还重。

后来余先生说："每到夜深人静的时候，我的书房里就传来隐隐的黄河水声，像是听到了故乡。"

而今天，生活在大陆这头的我们，我们的乡愁更抽象，也更具体；更复杂，也更迷离。

我们的镜头和目光，跟不上故乡消亡的速度。

即使我们的目光保持静止，而眼睛里看的空间也早已面目全非。

每个人的一生，其实都是奔走在回到故乡的路上，而远方的故乡却越来越模糊，越来越遥远。

余光中壮年时，含泪写了遗嘱式的诗篇《当我死时》：

当我死时，葬我，在长江与黄河之间。

枕我的头颅，白发盖着黑土。

在中国，最美最母亲的国度。

如今，余光中先生走了，他用一生别离之痛，点亮了一颗星，也点亮了诗。

当诗人告别没有诗的年代，高贵的灵魂选择在白昼漆黑如墨之中凝望。群蚁奔忙着无望的奔忙，诗行又重新成为最好的悼亡。

对于余先生来说，"死亡不是失去了生命，只是走出了时间"。

下次你路过，人间已无我，听听那冷雨，他已在故乡。

王小波

人生能做有趣的事，
便是成功

"中国写小说的，也就《红楼梦》能及格。"14 年前，王朔复出，曾放出这样的狠话。有一天，别人跟他说，在你沉寂的这几年里，出来一个叫王小波的，人家都说把王朔给盖了。

　　王朔想也没想就脱口而出："小波是好样儿的。"半秒过后，他咽了口唾沫接着道，"我也是好样的，我们俩不存在谁盖了谁。王小波要是活着，我觉着他更牛。他好，不意味着我不好，我们交相辉映可以吧？"

一

1952 年 5 月 13 日，王小波出生在北京的一个知识分子家庭。4 岁过后，天真可爱逐渐从他脸上消失。9 岁时，他就长成了岳母李克林口中的"小波实在太丑了，我拿不出手"的样子。从那以后，岳母被列入他小说里经常调侃的对象。

王小波有个脾气暴躁、吼声如雷的父亲。他从很早就不让孩子们学文科，当然，他老人家也是屋内饮酒门外劝水的人，自己本身就是文科教授。但他经常坦白地承认自己择术不正，不足为训。

就此，小波兄弟姐妹五个全学了理科，只有他哥哥王小平例外。1978 年考大学时，哥哥是北京城涧煤矿最强壮的矿工，据说吼起来比他爸爸王方名的音量还大。无论是动手揍他，还是冲他吼叫，都不能让他哥哥改变主意，他爸爸自己都挺不好意思的，就任凭他去学了哲学，在逻辑学界的泰斗门下当了研究生。

王小波从小到大，身体不算强壮，吼起来音量也不够大，所以一直本分为人。尽管如此，身上总有一股要写作的危险情绪。

13 岁时，王小波开始跟着哥哥到父亲的书柜里偷书看。那时候，父亲把所有不宜摆在外面的书都锁了起来，在那个柜子里，有奥维德的《变形计》，朱生豪译的莎翁戏剧，甚至还有《十日谈》。柜子是锁着的，哥哥对他说："我去捅开，你去承认，你小，身体也单薄，爸爸不好意思揍你。"

哥哥王小平自认为阅读速度奇快。有一次，他把王小波叫来，二人比赛阅读，后来发现自己读过一大半，小波已经读完，两人经过计算，发现原来王小波的阅读速度，是常人的七倍。

16 岁那年，有天晚上大家都睡了，王小波从蚊帐里走出来，用钢笔在月光下的一面镜子上写诗，写完趁墨水不干又涂了，然后又写，直到镜面全部变蓝。

二

同是 16 岁那年。上级号召青年到广阔天地里，"滚一身泥巴，炼一颗红心"。他插队去了 3000 公里外的云南。农活间隙，王小波的手总是忍不住伸向别着书的腰间。

当年，插队知青大多会在自己偷看的书外包一层"鲁迅著"的书皮。不幸的是，王小波遇上一个无恶不作的军代表，便是连"鲁迅著"也不能看。为此，他给坏领导编了一个故事，描写他从尾骨开始一寸寸变成了一头驴，以泄心头之愤。后来王小波发现卡夫卡也写了类似这样的事，有些不好意思，就学着卡夫卡，把那些作品烧得一干二净。

王小波是自带优秀作家气质的人，敏感中夹杂幽默，孤独中蕴含忧郁，他总想和世界谈谈。插队时，王小波已经长到了一米八四。大个子撅在水田里，像冲天炮。姿势已经够奇怪了，还得插一整天的秧，腰都累断了却说是"后腰像是给猪八戒筑了两耙"。有一阵子，他每天要用独轮车，推几百斤重的猪粪上山。他以为这活难不倒他，哪知道才干了三天，胆汁都差点吐出来。他仍不忘调侃道："好在那些猪没有思想，不然它们看到人类不遗余力地要把它们的粪便推上山，肯定要笑死。"

自少年起，王小波便看到这是一个无趣的世界，而有趣却暗含其中，而他能做的就是把有趣讲出来。

"愚蠢的人于世界暧昧，而聪明人于世界冷眼。"

在他的记忆中，这一段别人心中无法抹去的灰黑色时期，却被他称为自己的"黄金时代"。

三

1978 年恢复高考，26 岁的王小波考进了人大。在高考之前，小波面临选科的问题。一般人多半没有这个问题，大家或者擅文，或者擅理，可以择其擅者而从之。而小波两者都擅长，且两者都喜欢，怎么选就很伤脑筋。

当时小波已经在和李银河处朋友，银河认为小波在文学上有极高的天赋，力主他学文科，甚至跟他说"好好写，将来诺贝尔文学奖是你的"。但这一主张违背王小波的家训，他父亲王方名不同意。

后来小波去征询哥哥王小平的意见，哥哥说："真传一张纸，假传万卷书。"如果得了假传，在万卷书间忙得屁滚尿流，还要当一辈子糊涂人。无论什么时候，理工科的东西基本上属真传，而文科则未必如此。

现在看来，王小波当时的选择不无道理，倘若他入了文科，毕业后会一路进到文坛。

像他这样的"文坛外高手"，一旦被放到文坛内栽培，以他的心高气傲，恐怕会觉得很不自在，也许会像鲁智深上五台山出家，动不动就拿狗腿往和尚嘴里塞，有时候再玩一出醉打山门，没准会惹是生非。

王小波仿佛能看到自己的未来，总之，他最终选了理科专业。

"什么样的灵魂就要什么样的养料，越悲怆的时候人就会越想嬉皮。"而书便是王小波灵魂的全部养料。踏进大学门槛后，他发现有个同学跟他很像，都长得人高马大，都是一副睡不醒的样子，而且都能言善辩，巧舌如簧。课间抽烟时，王小波主动过去搭话，后来才知道，这人叫刘晓阳，刚从内蒙插队回来，二人不仅同班，还同宿舍，两人老婆也竟然是中学同学，于是关系格外要好。

此后的日子，每天吃完晚饭，王小波都要在校园里散步，刘晓阳必在路口等他，伸出手臂说："王兄请！"王小波嘴上说着"请"，手臂已挎上刘晓阳的胳膊，二人像一对情人在校园里遛起弯来，一路走，一路高谈阔论，一度让学校里的人以为他们是同性恋。

现在看来，却有点古人坐而论道的意思。

改革开放之初，国家百废待兴，"天下作家一浩然"的出版局面渐次打破。王小波和刘晓阳就像杰克·伦敦小说《热爱生命》里那个刚被营救起来饿疯了的生还者，不顾一切地寻找和藏匿食物，如饥似渴地到各处搜寻可读的书。两人每个周末回到宿舍，都带回一捆捆刚买的书。宿舍里放了几个架子，摆的全是书。

两人当年看书的习惯，是先看文学史和文学评论，目的是为了知道哪些书是在文学史上有一笔的，然后照单全搜。之后的日子，越来越多的同班同学跟在他们俩后头，听着他们从纪晓岚一路侃到爱因斯坦。

刘晓阳博古通今，擅长引经据典，而编故事则是王小波的专长。晚上没事的时候，总有人提议："走啊，咱听王小波说书去啊。"晚上，王小波编一个故事，讲到一只小羊，最后大家说把羊都杀了，老羊就喊："留小羊，留小羊是我儿。"刘晓阳是我儿。大家愣了半天，哈哈大笑。

对于爱书的人来说，手里有本好书在读的日子，天天都像节日。王小波的四年大学，就如同过年一般。

王小波一生除了身边的李银河，大概也就刘晓阳一个知己，两个人的友谊一直持续了一生。

四

如果聊王小波，就绕不开李银河，这是一个想抽烟根本离不开打火机的问题。聊李银河，时间要退回到王小波考上大学的前一年——1977 年。

当时的李银河在国务院研究室工作，才华横溢，前程似锦。而那时王小波只是一名街道工人，说"前者居庙堂之高，后者隐市井之巷"一点儿也不为过。当年，25 岁的王小波下乡回城已经五年。先后在仪器厂和半导体厂做了五年的工人，但心中那股子写作的欲火却从未熄灭。

有一天，王小波把刚写的《绿毛水怪》寄去《光明日报》，经手的女编辑是李银河的同事。没出几分钟，看得她直掉眼泪。李银河在旁边纳闷儿，接过来一读，登时心中一紧，30年后，她还清晰地记得那一瞬的感觉："写作手法虽然稚嫩，但却有什么东西深深拨动了我的心弦。"

从此，她记住了这个名字——王小波，一个娃娃脸的名字。

接下来，李银河借着一次工作当口儿到王小波家。明里是去问小波父亲一个学术问题，实际却是会会这位光是文字就让她揪心的王小波。这一面，不说是失望透顶，起码也算断了李银河心里那点悸动的念想。后来，据李银河回忆：

"当时真是吓了一跳，没想到这么丑。"
"不但丑，丑中还带着一点凶样。"

可没承想，几天之后，王小波找上门来，以还书为由，堵在《光明日报》门口。二人见面后大谈文学，天南海北。正谈得火热，王小波来了一句："你有男朋友吗？"

李银河当时刚分手不久，只能如实相告："没有。"王小波接下来一句话，生猛了得，吓了李银河一跳："你看我怎么样？"

李银河一回头，满眼装满的都是那张丑脸，吓愣了。多年以后，李银河每想起这件事，还会羞涩："那才是我们第一次见面呀！"之后的日子，李银河不断收到小波寄来的情书。

"你的名字美极了。真的，单单你的名字就够我爱一世的了。"

"小波望着满天星斗，念着'银河'的名字：满天都是星星，好像一场冻结了的大雨。"

李银河念着念着，泪水淌了一脸。王小波在追女孩方面，像写小说一样有天赋。

最终，李银河没能抵住小波的热烈和率真，两人就这么相恋了。

在一起后，芝麻绿豆大点的事儿，李银河就跟王小波提分手。王小波一直不懂为什么，追问下去，李银河憋不住说："你确实长得太难看了。"王小波却说："我要去爬虫馆和那些爬虫比一比，看看我是不是真的那么难看。"这一下子可把李银河逗乐了。

一来二去，王小波总是能用自己的有趣，让李银河化掉心底那些对长相的不满，从而让李银河越发地崇拜起王小波来。

这个世界，有人被才华吸引，有人被有趣吸引，还有人被内心坦荡吸引。而王小波的长相与他的内心坦荡、才华出众、有趣天成相比，李银河扛不住。

冯唐说句不负责的话，他们如果不在一起，那就太伤天害理啦！

大学期间，王小波和李银河结为夫妻。双方父母各自摆了一桌，就草草了事。

在王小波和李银河的爱情中，两个人从不在乎形式。

五

1982 年，李银河申请去美国学习。

当年的出国政策是，大学毕业后至少服务两年才能申请，并且不允许夫妻二人同时出国。夫人一走，小波成了留守丈夫，过回光棍的日子，只得终日以书为伴。

那两年，王小波坐在台灯下，熬夜写作。两年后，王小波终以伴读身份去美国寻老婆。

1984 年，刚到美国的王小波英语惨不忍睹，经常听不懂人家在说什么，只好灰溜溜去录像店里租影碟，回家苦练，看了将近一千部美国电影。后来，英语说得稍有长进，学业却不顺畅。在语言学校时，外国老师告诉他："你不是要上学，而是要资助。我们系要削减，现在连同事的饭碗都保不住，没钱管中国人。"

之后，王小波联系了一大批学校，只等来四个回信，三个拒绝，一个同意，且自掏学费。没有钱，他动了打零工的念头——去餐厅做服务员。到了餐厅后，王小波什么也不会，只能在后厨刷碗。下班后，他看见美国服务员围在一起吃剩菜，且吃得津津有味。

"即使在叫作天堂的美国，依然有那么多的人活得没有尊严。"王小波不愿意过这种生活，他厌恶极了。回到家，王小波很失落，李银河不声不响地走过来，对王小波说："你踏实在家写小说吧，我来想钱的事儿。"

那个年岁出国留学的人，没几个能拿得出钱来上学。当年王小波夫妇两个人在美国期间的生活费，全靠李银河的 400 美元奖学金，日子过得很拮据。有一段时间，哥哥王小平都看不下去了，对李银河说："小波靠写小说没法维生啊。"而李银河却很坚定："小波是天才，文学才能荒废了太可惜，而文学是他的命，不写小说，他就是行尸走肉，那样的话，即使物质生活水平再高也没有任何意义。"

在李银河的庇护下，王小波在美国的四年，大把的时间都在积累知识素材。他先是看遍了罗素著作，后来又读遍西方哲学，终日沐浴在"欧风美雨"中。之后，王小波看书专挑野的看，再后来，他杂文出版后，一些老朋友问他是从哪里听来的这么多有趣故事，他说，"都是在美国图书馆的禁书区看的"。

此外，这四年里，他还写出了《唐人故事》，完成了大量《黄金时代》的写作架构。

后来的事实证明，李银河的坚持是值得的。

六

青年的动人之处，就在于勇气和他们的远大前程，这话真没错。

1988 年春，王小波夫妇回国，李银河去了北大当博士后。小波在北大当帮闲讲师，教研究生使用社会统计软件。

三年后，王小波又厌倦了，扔下一句"在北大混得没劲，我要到人大去"便离开了银河所在的学校，回自己的母校任教。那段时间，小波自己都觉得活得窝囊："我老婆当教授，我狗屁不是。哀乐中年，大概就是这个样子吧。"

每到这时，李银河就会鼓励他好好写小说，觉得他是无价之宝。

人世间，好多时候就是一种庸俗势力的大合唱，谁一旦对它屈服，那就永远沉沦了。

也许李银河自己也没想到，她庇护的不只是自己的爱人，还有中国的文学。事实证明，不论她对王小波的爱，还是她对中国文学的期待，都没有让她寒心。到了 1992 年年初，《黄金时代》终于在台湾发表并获奖，获得了联合报 25 万台币。在过去的十几年，王小波好像是个在黑夜里赶路的人，前方没有一点烛火，只有他一个人，孤孤单单地走。《黄金时代》的发表好像让他看到了一点希望。拿到钱后，他马上从人大辞职。此后，便一门心思在家写作。

之后四年，他并没有得到他应有的成功，相反的是挨在脸上的巴掌远比响起的掌声要多。

这个自立山头儿的自由撰稿者，始终是个游离在文坛之外的局外人。在香港，《黄金时代》被改名为《王二的二三情事》，当作黄色小说刊登。后来几年里，大陆的出版社只发表了小波的几篇杂文。

"这个世界上，大多数人都是俗人，你在这个世界上活得越久，就越发现大多数人的一生如同梦游。"审美如此，读书如此，人生亦如此。

七

到了 1996 年，一个叫李静的研究生毕业被招到文学杂志社。上任第一天，她就像打了鸡血似的给王小波写了一封信。"王老师，我可能要从您的作品爱好者升格为文学责编了。我已到《北京文学》当编辑，把最好的小说留给我吧！"

同年 8 月，她来到西单老教育部大院一栋筒子楼，王小波头发很乱，依然爱笑。

当时王小波写了几个长篇，试过几家出版社，都不接受，还有的被认为思想有问题。"有一编辑说我在小说里搞影射，还猜出了在影射谁，我有那么无聊吗？"

聊天时，王小波总爱苦笑。可李静很坚持，问："能把'思想有问题'的小说给我看看吗？我怎么专好这一口儿呢？"王小波乐了："行，你拿去看看，发不发都没关系，长篇啊，光这篇幅你们那儿就够呛。"

王小波用针式打印机把书稿打印出来，从纸页折叠处轻轻撕下，交到李静手里。李静低头一瞧，扉页上写着："红拂夜奔。"李静把书稿抱回家，边看边怪笑不止。

几经周折后，李静所在的杂志社终于愿意发表，提出的条件是字数需要从 18 万删到 3 万。

王小波忍了，一口气删下了"王二"所在的主线，留下了红拂的故事，递交上去。

而李静心有不甘，私藏下《红拂夜奔》全稿，交给在文学系读研究生的朋友传看。那哥们儿读完，声称"三月不知肉味"，又给同宿舍的哥们儿传看，一时间在那个小范围内，"无人不谈王小波"。可两周后，连三万字的书稿也被退回，理由是内容里出现了牙签和避孕套。

当时，王小波大量压箱底的作品，都和《红拂夜奔》有着相同的命运。比如同性恋题材的《万寿寺》，舞台剧《东宫西宫》《似水柔情》……每一部都巧思密布，心血用尽，结果都是一样，发不出来。

王小波说："人活着都是为了要表演，所以才失去了自我。即便无处可去，也要永不屈服。我坚决不改了。我宁可写有滋有味发不出来的东西，也不写自我约束得不成样子的文章。在此我毫不谦虚地说，我是个高层次的作者，可是有些人却拿我当 16 岁的孩子看待。"

小说无法发表后，王小波一个人去考了个货车司机驾照。他自嘲道："以后活不下去，就当个货车司机吧。"

八

可他终归连货车司机都没有当成。

1997 年 4 月 10 日，晚上 11 点半，邻居突然听到小波屋里传来两声惨叫。第二天下午，邻居还不见小波出门，觉得不妙，便赶紧推开了小波的房门。只见小波倒在地上，身体已经冰冷。

第二天，去美国做访问的银河接到了姐姐的电话："小波出事了，快回来吧。"

从机场回家路上，李银河脑海里跳出的画面，全是小波去年 10 月在机场送别时的样子。

"他用劲搂了我肩膀一下作为道别，我万万没有想到，这一别竟是永别。"

小波去世后，李银河找了许多墓地，悉数横平竖直，都不能令她满意。后来，她找到昌平佛山灵园的一块天然大石，天然、不羁，恰似王小波的性情。王小波生前的一点名头，是靠着杂文打出来的。

但对于他自己来说，你要是评价他"王小波是个杂文作家"，相当于拿铁棍子戳他的肺管儿，因为小说才是王小波的命根子。

更荒诞的是，王小波去世一个月后，他一生最看重的时代三部曲得以发表，只是小波已经长眠。

一切都来得太晚了。

前些年，有一个《新京报》的记者曾对李银河说："我身边出色的男士都有个共同点，就是喜欢王小波，包括韩寒、冯唐。他们的共同特点都是有智、有趣。"其实说来并不夸张，20年内，太多人喜欢王小波，喜欢王小波相当于喜欢那个叛逆、特立独行、恪守内心、追寻自由的自己。

有人问李银河："如果有机会，你最想问王小波一个什么问题？"

李银河说："早上我去给小波扫墓的时候，有一些读者在墓前放了鲜花、二锅头或者烟，有一个人放了一篇王小波的文字，一只蝴蝶就一直贴在上面。我很想问问小波：你走得太急了，你走后，时代里每一个人都在变，太多人没有灵魂，而你呢？你的灵魂还在不在？"

人的外表，其实什么都不是，皮囊而已。在时间里，皮囊终会老去，最后所有的光鲜都会被褶皱吞噬；而灵魂不会，这灵魂里包括你走过的路、经历过的事，还有你一生的思考。

　　就像王小波生前对人生的注解：

> 我活在世上，
> 无非想要明白些道理，
> 遇到些有趣的事情。
> 倘若我能够如愿，
> 我的一生就算成功。

图书在版编目（CIP）数据

在裂缝中寻找微光：文化大师的风骨与温度 / 牛皮
明明著 . -- 南昌：百花洲文艺出版社，2020.4
ISBN 978-7-5500-3621-5

Ⅰ . ①在… Ⅱ . ①牛… Ⅲ . ①故事－作品集－中国－
当代 Ⅳ . ① I247.81

中国版本图书馆 CIP 数据核字（2019）第 294904 号

在裂缝中寻找微光：文化大师的风骨与温度

ZAI LIEFENG ZHONG XUNZHAO WEIGUANG: WENHUA DASHI DE FENGGU YU WENDU

牛皮明明　著

出 品 人	李国靖
特约监制	何亚娟　夏　童
责任编辑	李　瑶
特约策划	何亚娟
特约编辑	李青尘
封面设计	樱　瑄
版式设计	彭　娟
封面绘图	老　树
出版发行	百花洲文艺出版社
社　　址	南昌市红谷滩世贸路 898 号博能中心 Ⅰ 期 A 座 20 楼
邮　　编	330038
经　　销	全国新华书店
印　　刷	三河市金元印装有限公司
开　　本	880mm×1230mm　　1/32
印　　张	8
字　　数	90 千字
版　　次	2020 年 4 月第 1 版第 1 次印刷
书　　号	ISBN 978-7-5500-3621-5
定　　价	49.80 元

赣版权登字：05-2019-471

发行电话　0791-86895108　　　　　网　址　http://www.bhzwy.com
图书若有印装错误，影响阅读，可向承印厂联系调换。